L O V E　R A I N

ラブレイン

上

オ・スヨン　金 重明

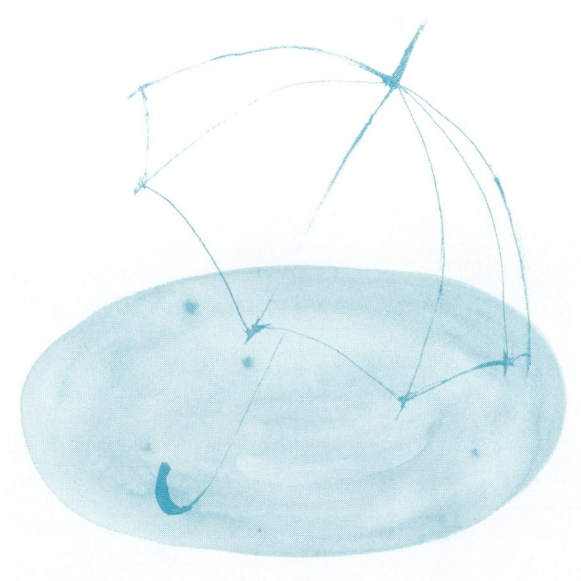

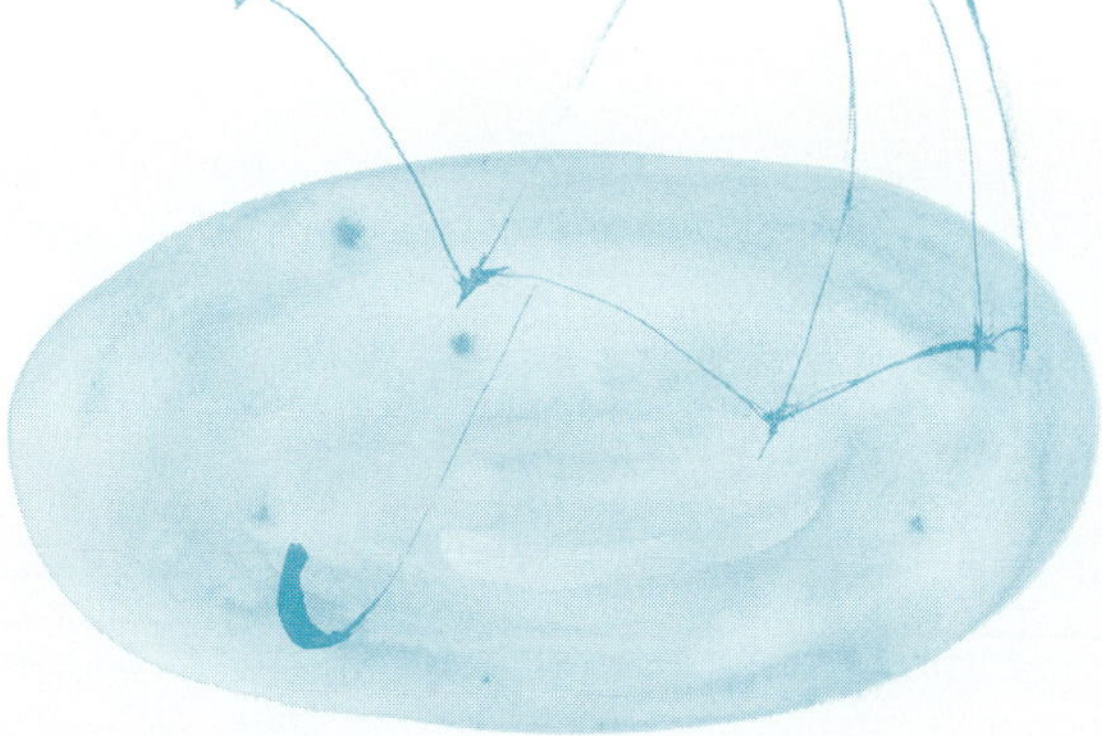

キネマ旬報社

BUS
삼성 텔리비전

ラブレイン 上

LOVE RAIN

オ・スヨン
金 重明

装画　押金美和
装幀　住吉昭人（フェイク・グラフィックス）

目次

プロローグ 15
第一章 カスミソウ 19
第二章 夜行列車に乗って 111
第三章 ダイヤモンドスノー 189
第四章 雨の中の再会 253
第五章 ホワイトガーデン 329

本書は韓国KBSドラマ『ラブレイン』の放送版より1話多い
ディレクターズカット版映像を小説にしたものです。

ラブレイン

プロローグ

木漏れ日を受けて、正方形におかれたベンチのひとつがスポットライトを浴びたかのように浮き上がっている。

ソ・イナはその前に立って、じっとベンチを見つめていた。

三十二年前、彼女はあのベンチに座り、ノートに何かを書きつけていた。イナはその裏手にある美術学科のアトリエの窓から彼女をのぞき見、その姿をスケッチしていた。

あの瞬間が自分の人生でもっとも輝いていた、とイナは心の中でそっとつぶやいた。

画家として成功し、母校である韓国《ハングク》大学の美術学科教授として奉職しているイナの人生は、外から見れば恵まれた生涯であったと思えるかもしれない。しかし、イナは孤独だった。一度結婚をしたが、すぐに破綻《はたん》し、ずっとひとりで暮らしている。息子がひとりいるが、長い間顔を合わせてもいない。

すべては三十二年前のあの日からはじまったことだった。

一九七〇年代が終わろうとする韓国は、いまからは想像もできないことだが、漢江《ハンガン》の奇跡と呼ばれる経済発展を遂げながらも、軍事独裁政権の支配下におかれ、国民の生活は隅々まで監視され、重苦しい雰囲気に包まれていた。

言論の自由など望むべくもなく、政治的な歌はもちろんのこと、大衆が愛唱する歌の数々が禁止歌謡として弾圧の対象となっていた。街にははさみと定規を持った警官が立ち、長髪の若者の髪を問答無用で切り落とし、ミニスカートの若い女性を連行していった。

大学では朝と夕、国旗掲揚と国旗降納のときに大音響で国歌が放送され、キャンパスにいる者全員が直立不動の姿勢で国旗に敬礼しなければならなかった。さらに、夜の十二時を過ぎると夜間通行禁止となり、屋外にいれば理由を問わず留置場に拘置された。

そういうなかでイナは青春を迎えた。

はじまりはわずか三秒だった。

その三秒で、イナは恋に落ちた。

第一章　カスミソウ

大学街のはずれにある音楽喫茶セラヴィは、今日も女子学生を中心にしてにぎわっていた。テーブルの上にマッチ棒で無心に塔を立てている友人の隣にいた、黄色いスカーフの女子学生がリクエスト用紙を書き終え、恥ずかしそうな様子でＤＪブースに座っていたドンウクに手渡した。ドンウクがにっこり笑ってリクエスト用紙を受け取ると、女子学生はくるりと振り返り、キャッと叫び声をあげながら自分の席に駆け戻った。
舞台の上ではギターを抱えたチャンモが歌をうたっていた。尹亨柱《ユンヒョンジュ》の「ぼくらの話」だ。

静かな笑みを浮かべた大きな瞳
長い髪、声のないほほえみ
ライラックの香りが漂うあの日
校庭でぼくらは出会った

夜空の星ほどもある

ぼくらの話がすべて
風とともに飛んでいったとしても
ぼくは君を忘れはしない

雨が好きで、雨の中を歩き回った
雪が好きで、雪道で遊んだ
誰もいない喫茶店で
夜遅くまで落書きをした

夜空の星ほどもある
ぼくらの話がすべて
風とともに飛んでいったとしても
ぼくは君を忘れはしない

ふたりの間には
恥も偽善もなかった
ふたりが語り合ったのは
純粋な真心だけ

夜空の星ほどもある
ぼくらの話がすべて
風とともに飛んでいったとしても
ぼくは君を忘れはしない

いつまでも君を忘れはしない
いつまでも君を忘れはしない

チャンモが歌い終わると、ＤＪブースのドンウクが甘い声で語りかけた。

「セラヴィのギター三人組の中では、ぼくよりすこ～し実力が劣りますが、魅力ある歌声のキム・チャンモ君でした」

ドンウクの声に女子学生たちが歓声をあげる。舌打ちしながらチャンモが舞台から降りた。ドンウクが続ける。

「では次に、ライラックの香りを漂わせ、長い髪に不思議な微笑をたたえた黄色いスカーフの淑女がリクエストした曲です。再上映が決定し、再び女性の心を揺さぶろうとしている映画『ある愛の詩《うた》』のサウンド・トラックから『Where Do I Begin』です」

チャンモが、席に戻った。隣には鼻筋の通った端整な顔立ちのヘジョンが座っていた。風采の上がらないチャンモとヘジョンが恋人だというわけではない。ヘジョンは家政学科の二年だが、ドンウクの幼馴染だった関係で、セラヴィのギター三人組と親しくしていた。三人組の中で作詞・作曲を担当しているソ・イナの姿は見えなかった。

チャンモがヘジョンに不平をもらした。

「おれが喉から血が出るほど力を込めて歌をうたっても静かにしているのに、なんだ、あいつは。ちょっとばかり顔がいいからって、女どもめ、なんであんなにキャーキャーうるさいんだ」

そう言いながら、チャンモがヘジョンの前にあったオレンジジュースに手を伸ばした。ヘジョンがチャンモの手をぴしゃりと叩いた。

「あ、おまえのだったか」

「飲みたいのなら、自分で注文したら」

曲が終わり、ドンウクがDJブースから出てきた。店の主人がドンウクの肩を叩きながら「いい選曲だったぞ、あとでまた」と言って出て行った。

チャンモとヘジョンの前に座ったドンウクが口を開いた。

「イナは?」

ヘジョンがこたえた。

「たぶんアトリエよ。このところアトリエにこもりっきりじゃない。ところで、今日また勝負するって本当?」

「いまのところ十勝十一敗だから、雪辱戦というわけだ」

チャンモが口を挟んだ。

「今度は何を賭けようってんだ？」

「女」

ヘジョンが奇声をあげた。

「ほんとに⁉」

チャンモも声をあげる。

「おい、おまえとイナが、女を賭けて勝負するってのか」

にやりと笑ってから、ドンウクが言った。

「イナのやつが一目惚れしたんだ」

「まさか。おれはあいつと三年間同じ下宿で暮らしてきたが、あいつが女のそばに近寄るのすら見たことがなかったぞ」

ヘジョンが付け加える。

「そうよ。無人島にイナ先輩と女の子とふたりっきりになったとしても、イナ先輩、その女の子に話しかけることすらしないはずよ」

それでもドンウクはにやにや笑い続けている。

「嘘はつかない。本当にイナのやつ、一目惚れしたんだ」

ヘジョンが奇声をあげた。

「本当に？」

「本当だってば」

「まさか」

「信じられないのなら、見せてやろうか」

驚いたヘジョンとチャンモが周囲を見回した。

「おい、ここにいるのか？」

「どこ？　どこにいるの」

ドンウクはそれまで抱くようにしてかかえていたギターのケースを開いた。

「ジャーン！　どこを見ているんだ。これだよこれ。ぼくとイナが一目惚れした麗人」

チャンモが目を丸くした。

「お、新しく出たセルヴィア！　本物だぞ、これ」

あきれたような顔でヘジョンが言った。

「なんだ、ギターだったの」

ドンウクが説明する。

「イナとぼくが一緒に注文したんだ。ところが一本しか残っていなかったんでね、今日勝負してどちらがこの恋人を獲得するか決めるってわけさ」

「そうだと思った。イナ先輩が女の子に一目惚れするなんてありえないわよ」

講義室に向かう途中だった。

濃い緑の垣根の間に、彼女は突然姿をあらわした。

何冊かの本を胸に抱え、茶色のかばんを肩からかけていた。ベージュ地に花柄をあしらった質素なワンピースに、朱色のカーディガンをはおっている。自然に左右に分かれた髪は耳のうしろを通り、胸のあたりまで流れている。細い眉と伏し目がちの目が見事なシンメトリーを描き、整った鼻の下には不自然なほど魅惑的な小さな赤い唇があった。

まさに地上に舞い降りた天女の姿だった。

イナは自分の心臓が異様に高鳴るのを感じていた。

彼女が通り過ぎるまでの三秒の間に、イナは恋に落ちていた。

そこに運命を感じていた。

おのれの肉体と精神と、そのすべてを彼女に捧げるためにこの世に生を受けたのだ、と思った。

彼女が姿を消したあとも、イナは呆然とその場に立ち尽くしていた。

講義には出たものの、その内容はまったく耳に入らなかった。講義が終わり、イナは美術学科の校舎の二階にあるアトリエに向かった。アトリエに入っても、頭の中は先ほど見かけた彼女のことでいっぱいだった。

名前は何というのだろうか。

ここの学生であることはほぼ間違いない。では、学部は？

ふと窓から外を見たイナはおのれの目を疑った。

窓の外にあるベンチに、彼女が座っているではないか。

イナはすばやくスケッチブックを取り出すと、本を読んでいる彼女の姿をその上に描き出していった。

鉛筆が紙の上を滑る。

すぐに、イナのスケッチブックの上に、美しい彼女の姿が浮き上がってきた。

いつのまにか彼女は本を読むのをやめ、黄色い表紙のノートに何かを書きつけはじめた。脚を虫に刺されたのか、そっと唾をふくらはぎのあたりに塗りつけている。イナはその様子を見ながら、スケッチブックの像の細部を描いていった。

ふと顔を上げると、彼女の姿が消えていた。

イナは窓から首を出して、周囲を探した。

どこにもいない。

イナはそのままアトリエを飛び出した。建物の外に出る。周囲を見回すが、彼女の姿は見えない。駆けた。

あてもなく駆けた。

角を曲がったところで、女子学生と激突してしまった。女子学生が悲鳴をあげた。手の荷物が散乱する。

「すみません」

頭を下げ、顔を上げたイナは目を大きく見開いた。

あの彼女が目の前にいたのだ。

イナはあわてて地面に散らばった彼女の荷物を拾い集めた。

荷物をまとめた彼女が、小さく頭を下げて、立ち去ろうとした。

イナは思わず、彼女の腕をつかんだ。

「え！」

驚いた彼女が顔を上げる。

イナは顔を真っ赤にして、首を振った。

「いえ、何でもありません」

彼女がそのまま立ち去ろうとする。このまま別れたくはない、と思いながらも、どうすることもできない。

そのとき、天の助けか、サイレンが鳴り響いた。

「その場に停止しなさい。国旗に対して、敬礼！」

国旗の降納式だ。

彼女がその場に立ち尽くす。

イナも直立不動の姿勢をとりながら、目は彼女を見つめている。

愛国歌が流れる。

「わたしは誇らしき太極旗の前で、祖国と民族の永久なる栄光のために肉体と精神を捧げ、忠誠を誓うことをここに表明いたします」

それを聞きながら、イナは、自分の肉体と精神を彼女に捧げる、と誓っていた。

降納式が終わり、彼女が立ち去った。

そのあとを追うわけにもいかず、イナはじっと彼女が消えた方角を見つめていた。

しばらくして我に返ったイナは、さきほど彼女と衝突したとき、スケッチ用の鉛筆を落としてしまったことに気がついた。

周囲を探す。

花壇の中に、黄色の布で覆われたノートが落ちていた。

拾い上げる。

最初のページに、きれいな文字で、『家政科　キム・ユニ』と書かれてあった。

「キム・ユニ？」

イナは声に出してつぶやいた。彼女の名前に違いない。布のカバーにあったボタンをはずし、中を開く。

ぱらぱらとめくっていたイナは、突然あわててノートを閉じた。

「日記帳？」

はっきりとはわからないが、おそらくこれは彼女の日記帳だ。イナは禁断の書を開いた僧のように身を震わせた。

すぐにこれを返さなければならない、と思い、四囲を見回す。しかし彼女の姿は見えない。

どこへ行ったかはわからないが、とにかくあとを追おうと思っていると、うしろから声をかけられた。

「イナ！」

振り返ると、ドンウクとチャンモ、そしてヘギョンが並んでいた。

「何をしているんだ？」

「い……いや」

ヘギョンの不思議そうな目が手のノートを見ている。どう考えてもこれは男が使うノートではない。イナはノートを背に隠した。

チャンモがいつものように慶尚道訛《キョンサンド》りのイントネーションで言った。

「おい、そんなにのんびり構えていていいのか？」

イナが不思議そうな目を向けると、ドンウクが、ジャーン、と言いながら大きな楽器のケースを目の前に引き出した。

「われらが恋人の到着だ」

「お、来たな」

注文していたギターだった。当面一本しかない、ということなので、来たらテニスで勝負をして所有者を決める、という約束だった。

いまはギターどころではない、という思いだったが、みなと連れ立ってテニスコートへ向かう。テニスの実力はほぼ互角だったが、この日は集中力に欠け、惨敗してしまった。当然ギターはドンウクのものとなった。

テニスの試合のあと、ドンウク、チャンモ、ヘジョンと連れ立って、大学前の屋台に入った。一汗をかいた後のマッコリは実にうまい。飲んで騒いでいるうちに、みんなの前に並んだ皿が空になってきた。

　チャンモがヘジョンに言った。

「肴がなくなっちまったな。ヘジョン、何が食べたい？」

「何にしようかな」

　ヘジョンが顔をイナとドンウクの方に向ける。しばらく考えていたイナとドンウクが同時に言った。

「鶏のモモ」

　ぷっと吹き出しながらヘジョンが言った。

「もう、何よ、ふたりは双子なの？　好きなものも一緒だなんて。でもまあ、なんとなくナットク」

　ドンウクが訊いた。

「どういうことだ？」

「ふたりとも共通点が多いじゃない」

　今度はチャンモが訊いた。

「どういうところが？」

「まず、歌が上手」

「それだったらおれも同じじゃないか」

「それにふたりともお金持ちで美男子」

チャンモがぐっと詰まって何も言えなくなった。それを見てイナが思わず吹き出した。

憤然としてチャンモが言い返した。

「おい、おまえ、笑っている場合かよ。ギターから何から、みんな分捕られているくせに。そのうち女も分捕られてしまうぞ」

イナはキム・ユニという女学生の面影を思い浮かべながら言った。

「女はだめだ」

ドンウクが声をあげた。

「おい、女と聞いて、顔色を変えたな。分捕られては困る女でもできたのか」

ヘジョンが口を挟んだ。

「そんなはずないわよ。イナ先輩、女の子のそばに近づこうともしないんだから」

ドンウクが反論する。

「そんなことわからないだろうに。いつ運命の出会いがあってもおかしくないだろう」

「あら、ドンウク先輩らしくないわよ。運命だなんて」

「お、ぼくは運命を信じているぞ。イナ、おまえはどうだ。運命を信じるか」

濃い緑の垣根の間に突然あらわれた彼女の姿が目に浮かぶ。

「運命か……。三秒……」

ヘジョンが訊いた。

「どういうこと、それ？」

チャンモが代わってこたえた。

「三秒で惚れてしまうってことだな。運命の女！」

ドンウクがまぜっかえす。

「おまえ、酔っ払ったのか。三秒で惚れてしまうだなんて」

それを無視してチャンモが言った。

「イナも運命論者だったとは」

ヘジョンが付け加える。

「たった三秒でその人についてわかるなんてできるわけないわよ」

首を振りながらイナが言った。

「三秒でわかってしまうっていう、そういう場合もあるんじゃないかな」

イナがそんなことを言い出したので、三人はぽかんとした顔でイナを見つめた。

「いや、ただそういうこともあるんじゃないかなって思っただけだよ」

突然チャンモが大声をあげた。

「おれはイナの意見に賛成。三秒もあれば充分。今日は誰がおごってくれるのか、三秒で見分けられるぞ。一秒、二秒、三秒……」

ドンウクの方に顔を突き出すと、チャンモが頭を下げた。

「ご馳走になります」

ドンウクが叫んだ。

「どういうことだよ」

「今日はおまえのおごりだろ」

「今週はアルバイト代が出るから、おごるって言っていたじゃないか」

「おまえの金はおれの金、おれの金はおれの金、同じ倍達《ペダル》民族、同胞じゃないか」

倍達は朝鮮の美称のひとつだ。

あきれたという顔をしながら、ドンウクが言った。

「わかった、わかった。今日はぼくのおごりだ。何でも好きなものを注文しろよ」

泥酔したチャンモをかかえて下宿に帰る。

チャンモとはひとつの部屋をふたりで使っている。寝るときはひとつの布団にくるまる。そうやって暮らしてもう三年になる。完全に酔ってしまったチャンモは、下宿に着くなりいびきをかいて寝てしまった。

小さな机に向かうと、イナは黄色い布に覆われたユニの日記帳を取り出した。読んではならない、と思いながらも、読まずにはいられない。

最初のページをめくる。

家政科　キム・ユニという文字が目に飛び込んでくる。彼女の人柄を思わせる、端正でいて、あたたかみを感じさせる文字だ。

「キム・ユニ……」

そうつぶやきながら、イナは日記帳をぱらぱらとめくってみた。間にイチョウの葉が挟まってい
た。取り出してみる。表面に文字が書き込まれてあった。

愛は、あやまったりはしないもの。

イナは声に出してつぶやいた。
「ある愛の詩《うた》？」
イチョウの葉が挟まっていたページを開く。

愛は、あやまったりはしないもの。天国にいる父と母が好きだった「ある愛の詩」のせりふ。愛は真心、お互い真心を理解しているのだから、あやまる必要などないのだ、と母は言っていたけど、本当の意味はまだわたしにはわからない。

罪悪感にかられ、イナは日記帳を閉じた。
次の日、イナは日記帳を持って、家政学科の校舎に向かった。女子学生が行きかうが、ユニの姿は見えない。女ばかりの場所にひとりでいるのに耐えられなくなって、イナは日記帳をかばんにしまい、美術学科のほうに戻ろうとした。
そのとき、うしろから声をかけられた。

「あの……」

驚いて、イナは振り返った。

目の前にユニが立っていた。じっとイナを見つめている。

「あの、もしや、わたしの日記帳、え、いえ、黄色のノート、見ませんでしたか？」

イナはあわててかばんからユニの日記帳を取り出そうとした。その瞬間、ユニの声が聞こえてきた。

「どうしよう……。誰かに見られたら……」

それを耳にして、イナは日記帳を取り出すことができなくなってしまった。拾ったのは昨日だ。中を見ていない、と言ったところで、嘘だと思われるに決まっている。

「忠誠《チュンソン》！」

突然、背後から大声が聞こえてきた。振り返ると、行進する学生軍事教育団の学生たちがこちらを向いて敬礼していた。この連中、キャンパスを行進しながら、こうやって女子学生と話をしている〝軟弱な〟学生をからかって楽しんでいるのだ。

驚いたユニがさっと振り返り、その場を立ち去ろうとした。あわててあとを追おうとしたイナは、うしろから声をかけられて振り返った。昨日と同じく、ドンウクにチャンモ、そしてヘジョンだった。

「おい、こんなところで何をやっているんだ」

「うん……」

言いよどみながら、イナは横目でユニを見ていた。ユニのほうも別の男に声をかけられていた。少し距離があるので声までは聞こえないが、言い寄っている男をユニが拒否しているように見える。

ユニと男を見ながら、ヘジョンが言った。

「また男と……」

ヘジョンの視線を追ってユニを見たチャンモが目を大きく見開いた。

「お、かわいいじゃないか」

ドンウクがヘジョンに訊いた。

「おまえと同じ学科か？」

首を振りながらヘジョンがこたえた。

「同じ学科だけど、よく知らないわ。あたしの嫌いなタイプ！」

それを聞いて、チャンモが手を打った。

「お、聞いたことがある。家政学科のマドンナ」

ヘジョンがチャンモをにらみつけた。

「どうしてあの娘《こ》がマドンナなのよ」

からかうような調子でチャンモが言った。

「おまえが嫌っているってことは、おまえより人気があるってことじゃないか。家政学科のマドンナの噂はいろいろと聞いているぞ」

「そりゃ、男子学生には人気があるわ」

「人気があるのも充分に納得。あの清純そのものともいうべき姿……」

「いつもつんとすましているから、男子には人気があっても、友達はひとりもいないみたいよ」

しつこく食い下がる男を拒んで、ユニが立ち去っていく。

それを見て、チャンモがにやにやしながら言った。

「あの誇り高き姿、たまらないね」

ドンウクが独り言のように言った。

「三秒！」

イナがドンウクに訊いた。

「何のことだ？」

ドンウクが首を振った。

「いや、なんでもない。こっちのこと。さて、久しぶりに講義に出てみるかな」

そう言いながら、ドンウクは医学部のほうに歩き出した。

ユニが立ち去ったほうを見ながら、イナも美術学科に足を向けた。

美術史の講義に出席してはみたものの、教授の話はまったく耳に入ってこなかった。イナの頭の中にあるのは、ユニのことばかりだった。

見てはならない、と思いながらも、かばんの中にあるユニの日記帳のことが気になってならない。

とうとう我慢できなくなって、イナは日記帳を取り出してしまった。

イチョウの押し葉のあるページを開く。

昨夜読んだところのあとには、こんなことが書いてあった。

十年ぶりに『ある愛の詩』がリバイバル公開されるらしい。今度は絶対に見なくちゃ。

最後のページを開く。

秋が深まる季節の、美術学科前のベンチが一番好き。今日はどういうわけか、ここに座っていると胸がどきどきする。

あのベンチに座って日記帳に何かを書きつけていたユニの姿が思い起こされる。あのとき、この部分を書いていたんだ。

まだ続きがある。

虫に刺されたり、ちょっとした傷ができると、おばあちゃんはいつも唾を塗ってくれた。すると嘘みたいに、痛くなくなった。いまは、それがおばあちゃんの愛だったのだと思っている。人間に二本の腕があるのは愛する人を抱きしめるためだ、とおばあちゃんは言っていた。わたしもいつか、映画の主人公のように、そして天国にいる父や母のように、心から愛する人に出会いたい。

別のページを開く。

父が一番好きだったのは『星の王子さま』。その中でわたしが一番気に入っているのは〝飼いならす〟という言葉。愛というのは、その〝飼いならす〟という言葉のように、お互いを理解していく過程なのかも……。

愛のある風景はいつも美しい。
でも、美しい愛だといっても、幸せだけがそこにあるわけではない。
愛は常に
幸福と悲しみというふたつの顔を持っているからだ。

また別のページ。

わたしの好きなもの。
図書館の四階、詩集コーナーの隅の席。
カスミソウ。
サン＝テグジュペリの『星の王子さま』

ぜんまい巻きの腕時計。

シューベルトの歌曲。


結局、講義の間に日記帳を全部読み終わってしまった。そして家に帰ってからも、夜が明けるまで幾度も幾度も日記帳を読み返した。

そして次の日、イナは『ある愛の詩』のチケットを二枚買った。


次の講義までしばらく時間が空いたので、ユニはいつものように図書館に向かった。詩集の書架を見ていると、書架の向こうからやはり本を探している男の人と目が合った。日記帳を失くしたあの日、美術学科の校舎前で衝突したあの人だった。

男の人があわてて顔を上げ、その拍子にワゴンに本を山積みして移動していた司書にぶつかり、本を崩してしまった。ユニもそこに駆け寄り、司書と男の人と一緒に本を拾い集めた。

司書が男の人に本を一冊差し出した。

「これ、借りるのですか?」

見ると『星の王子さま』だった。ユニはうれしくなって、思わず笑みを浮かべた。ところが男の人は、どういうわけか少しあわてた様子で、「違います」と言うと逃げるように去っていった。

それを見ながら、同じ家政学科のインスクが近寄ってきた。

「ちょっと、ちょっと、ユニ! あれ、ソ・イナ先輩でしょ。知ってるの?」

「別に知っているってわけではないけど……」

ユニはインスクに手を引かれるようにして図書館の休憩室に向かった。パンと牛乳を買って、テーブルに座る。ソ・イナやセラヴィのギター三人組について何も知らない、と言うと、インスクはあきれたような顔になった。

インスクが説明しはじめた。

「三人の中で、いつもDJをやっているのがイ・ドンウク。あだ名はカサノバ。医学部に通っている、大きな病院の跡取り息子。そのうえ美男子で、性格もいいときているから、みんな大騒ぎよ。そしてふたりめはキム・チャンモ。あだ名はナンキンムシ。ど田舎の出身で、下には弟や妹がたくさんいるって話。とにかくお金がないから、あっちこっちでたかり歩いているそうよ。それでもひとたびギターを手にすると、その甘い歌声はしびれるほど。だからみんな、たかり歩いても大目に見るんだって。そして三人目が一番重要なの。名前はソ・イナ。神秘的なマスクの芸術家。さらに親がとんでもない財産家なんだって。その地方に行くと、その家の土地を踏まずして先に進むことができない、というほどだとか。そういう家だから、噂ではいいなずけまでいるって話よ」

そこまで話した瞬間、うしろから「いないよ」という声がかかった。驚いて顔を上げると、何と噂をしていたイナが立っているではないか。コーヒーの紙コップを捨てに来たらしい。ぶっきらぼうな顔で、イナが再び口を開いた。

「いいなずけなんて、いないよ」

そう言うと、イナはすたすたと書庫のほうへ歩いていった。

頬を両手で押さえながら、インスクが奇妙な声をあげた。

「どうしよう、あたしったら……。でもどうしてわざわざ声をかけてきたのかしら。あたしたちに関心があるの……？」

図書館を出ようとすると、外は雨だった。かなり雨足が強く、そのままバス停まで走っていくというわけにもいきそうにない。まいったな、と思いながら横を見て、イナは身を硬くした。

柱の陰に立っていたのはユニだった。

ユニがイナに気づいて、軽く頭を下げた。同じように頭を下げながら、イナは口を開いた。

「ちょっと待ってて」

あわてて読書室に戻る。いつもなら忘れていった傘の一本や二本、すぐに見つかるのだが、今日に限って一本もない。読書室を飛び出したイナは、地下の物置に向かった。なんとか古びた傘を二本見つけた。埃をかぶっていた黒い傘はなにやら異臭を発している。黄色い傘はなんとか使えそうだ。

黄色い傘を手に、階段を駆け上がる。ユニはまだ柱の陰に立って雨がやむのを待っていた。

ユニの横に立つと、イナは黄色い傘を広げた。ところが根元の爪がこわれていて、傘は開くことは開くのだが、手を離すとしぼんでしまう。ユニがくすりと笑った。そのしぐさがなんとも愛らしく、イナはしばらく見とれていた。しかしいつまでも見とれているわけにもいかない。傘の根元をつかんで押し広げてから、イナが言った。

「い……行こう」

ふたりで肩を並べて校庭を歩いていく。イナは緊張のあまり、口を開くこともできないでいる。

しばらくして、ささやくような声でユニが言った。

「あの、わたしが話しはじめたんじゃないんです」

何のことかわからず、イナはいぶかしげな顔を向けた。ユニが言葉を継いだ。

「さっきの、いいなずけの話」

「あ、あれ。君が話したんじゃないことはわかっているよ」

「あ、はい」

再びふたりを沈黙が包む。

歩きながら、ユニがそっと、傘をつかんでいるイナの手を押した。イナの肩が濡れているのを気遣っているらしい。

「あ、ぼくは大丈夫です」

「わたしも大丈夫です」

イナが傘を押し戻そうとすると、ユニが言った。

「では、もう少しこっちに来てください」

歩きながら、イナはほんの少し、ユニのほうに体を寄せた。

ユニの肩に触れる。

電流が走ったかのように、イナは体を震わせた。

静かだった。雨の音が聞こえるだけで、他には何も聞こえない。

再びユニが口を開いた。

「あの……もしかして……好きなんですか」

自分のことを好きなのか、と訊かれたと思い、イナは身を硬くした。しかし質問の意味はそうではなかった。

「雨が好きなんですか」

ほっとすると同時に、少し失望を感じながら、イナはこたえた。

「え……、好きです。雨には、悲しみと同時に、幸福を感じることができるような気がするからです」

ユニが顔を上げた。

「わたしも雨が好きなんです」

雨に濡れたユニの顔を、イナはまぶしげに見つめた。

「あの、さっきの本……」

「あ、『星の王子さま』?」

「あの本の作者の詩に、こんな一節があるんです。〝愛は幸福と悲しみというふたつの顔をしている〟……」

そこで言葉をとめると、ユニは白い歯を見せてほほえんだ。雨にとけて消えてしまいそうなその姿は、たとえようもなく美しかった。

ユニが言葉を継いだ。

「雨と愛、何か似ているように感じます」

突然、水しぶきを上げながら大きなトラックが横を通り過ぎた。イナは思わず、ユニをかばうように体を回した。

イナが「大丈夫？」と訊いたのと、ユニが「大丈夫ですか？」と声をかけてきたのは同時だった。すぐ目の前にユニの顔がある。鼻がぶつかってしまうかと思えるほどの距離だ。思わず一歩退いたイナが、傘を差し出した。

「これ、使って」

わけもわからぬまま、ユニが傘を受け取る。

「ちょっと約束があるのを忘れていた」

そう言うと、イナは雨の中を駆け出そうとした。

「あの……」

その声に、イナが立ち止まる。ユニが傘を持って近寄ってきた。

「この傘、いつ返せばいいですか」

「あ、それ……」

こわれた傘を見つめながら、イナは大きく深呼吸した。ごくりと唾を飲み込んでから、口を開く。

「今度の日曜日、暇？」

「え？」

ポケットから映画のチケットを取り出してみたが、雨にぐっしょり濡れていた。イナは顔を上げた。

「あの、映画……」

「映画ですか」

「あの……『ある愛の詩』」

『ある愛の詩』と聞いて、ユニの表情が一瞬揺れた。

「『ある愛の詩』は、見たいと思っていたんだけど……」

たたみかけるように、イナが言った。

「なら、見に行きませんか」

恥ずかしげな表情で、ユニがうなずく。

満面の笑みを浮かべながら、イナはユニに頭を下げると、雨の中を駆け出した。少し走ってから、振り返る。

「その傘、図書館で拾ったものなんだ。気にしないで」

そのまま雨の中を学校まで走って戻る。思わずガッツ・ポーズが出る。女の子を映画に誘うのは生まれて初めてだ。まっすぐにアトリエに向かう。川の中から飛び出してきたかのように全身ずぶぬれだったが、かまうことなくキャンバスに向かう。先日、この窓の向こうのベンチに座っているユニを見ながら描いたスケッチをもとに、キャンバスに本格的な油絵を描きはじめる。

これだけの絵の制作には何日もかかるのが普通だった。しかしこの日、イナの筆は神が乗り移ったかのように冴えていた。その日のうちに、絵はほとんど完成していた。キャンバスの上に、地上に舞い降りた天女がやさしくほほえんでいた。


イナに貰ったこわれた傘をさして、ユニはバス停に向かった。

今度の日曜日、イナと一緒に映画に行く。

どうしてうなずいてしまったのだろう、と自問自答する。この映画を見に行きたいと思っていたのは事実だった。しかし男の人と一緒に見に行くとなると、話は別だ。

これまで、映画に誘われたのは、一度や二度ではない。でも、一度としてうなずいたことはなかった。

ユニはイナの誠実そうな顔を思い出した。

雨が好き。

悲しみと同時に、幸福を感じることができるような気がする。

イナの言葉を思い出す。

ふと、バス停の横に映画のポスターがあるのに気づいた。『ある愛の詩』だった。

「びしょ濡れじゃないか」

うしろから声をかけられ、振り返ると見知らぬ学生が立っていた。学生は無遠慮な目を向けながら、言葉を継いだ。

「ぼくの傘と取り替えようか」

突然そんなことを言われ、ユニはどぎまぎして返事もできなかった。

「びしょ濡れ。その傘、こわれているんだろ。ぼくのと取り替えてあげるよ」

「いいえ、けっこうです」

すると学生は、ポケットからハンカチを取り出した。

「なら、これで拭いたら」

「けっこうです」

いったい何のつもりなんだろう、と思いながら、ユニはそっぽを向いた。

それでも学生はしつこく語りかけてくる。

「ところで、ぼくのこと、覚えていない？」

そう言われて、ユニはあらためて学生の顔を見た。まったく記憶にない。

「前に一度、会っているんだけどな。本当に覚えていないの？」

そう言いながら、ドンウクが右手の人差し指を突き出した。しかし何を言おうとしているのか、見当もつかない。

ドンウクが首を振った。

「さびしい限りだな。家政学科でしょ」

「どうして、それを……」

「いや、家政学科に親しくしている後輩がいるんだ。その関係で、学校では幾度も君を見かけたことがあるんだ。ところで、映画が好きみたいだね」

「ポスターを見ていただけです」

「『ある愛の詩』か。一緒に見に行かない？」

ユニは言葉に詰まって、返事もできないでいた。かまわずドンウクが話を続ける。

「今日初めて言葉を交わしたばかりだから、映画に誘うのは無理かな。じゃあ、今度はどう？」

返事ができないでいるユニに、ドンウクはさらに言葉をかけてくる。

「じゃあ、次の機会があったなら、どう？　次にどこかで偶然顔を合わせたら、行こう」

「え？」

「映画！」

「あの……」

断ろうとしたちょうどそのとき、ユニが待っているバスがやってきた。

ドンウクが言った。

「あ、このバスに乗るんでしょ。遠慮なく、乗りなよ」

しかたなくユニはバスに乗った。あわただしくバスが発車する。窓から外をうかがうと、バス停でこちらを見つめているドンウクが見えた。いったいどういうつもりなのだろうか。ユニはなにやら得体の知れない不安を感じていた。


ユニの肖像画を完成させたイナは、ギターを手にアトリエの二階にあるテラスに出た。ギターを鳴らしながら、ノートにコードを書きつけていく。

ユニの顔を思い浮かべると、自然に頬が緩んでくる。

テーブルの上には二枚の映画のチケット。しわがよらないように丁寧に伸ばして、乾かしている。

物音に顔を上げると、紙袋をかかえたドンウクだった。

「何をやっているんだ?」

「うん、ちょっとな」

「一杯やろうぜ」

「お、いいな」

紙袋の中は焼酎とアタリメだった。さっそく焼酎のふたを開ける。

ノートを見ながら、ドンウクが言った。

「お、作曲中か」

「まあな」

コードを目で追いながら、ドンウクが奇声をあげた。

「なかなかいいじゃないか。早く完成させろよ。大学歌謡祭でこの曲を歌おうぜ。ラジオの公開放送だから、全国に流れるぞ」

一昨年はじまった文化放送主催の大学歌謡祭は新人歌手の登竜門としても注目を集めていた。昨年の歌謡祭で金賞を取った盧士燕《ノサヨン》、銀賞の裵哲秀《ペチョルス》はいまや押すに押されぬ人気歌手となっている。またやはり昨年の歌謡祭に出場した沈守峰《シムスボン》は賞こそ逃したが、そこで歌った「そのときその人」は大ヒットしている。

　セラヴィのギター三人組はひそかに大学歌謡祭への出場を目指していた。とりわけチャンモは本気になって大学歌謡祭で入賞して歌手としてデビューすることを狙っていた。

「そんな……。ちょっと照れるな」

　じっとイナの顔を見つめながら、ドンウクが言った。

「おい、ソ・イナ！　正直に白状しろ」

「何を？」

「おまえ、あの三秒……。だから、前に言ったじゃないか。三秒の女、運命の相手に出会ったんだろ」

　ぎくりとしてイナはドンウクの顔を見た。

　ドンウクが続けた。

「だから曲想も湧き、この曲を書いているんじゃないのか」

　否定も肯定もできないまま、イナは黙っていた。それを見て、ドンウクがひとりでうなずいた。

「図星ってわけだ。まさに親友同士ってわけだな」

「どういうことだ？」

「ぼくにもできたのさ」

「何が？」

「三秒！」

「本当か？」

にやにや笑いながらうなずいたドンウクが、彼女とのなれそめを語りはじめた。

「三日前のことだ。大学前のバス停で待っていると、突然彼女が声をかけてきたんだ。かわいらしい声で『あの、手に血が……』ってね。おまえも知ってのとおり、実習で手に怪我をするなんて珍しいことじゃない。だから別に気にもしていなかったんだけど、彼女にとっては驚きだったんだろうな。大丈夫だ、と言ったんだけど、彼女、ハンドバッグから絆創膏《ばんそうこう》を取り出したんだ。それで彼女から貰った絆創膏を貼ろうとしたんだけれど、傷があるのは右手の人差し指、左手だけで絆創膏を貼るのは至難の業、それを見ていた彼女が、再びかわいらしい声で言ったんだ。『わたしがやります』。絆創膏を受け取った彼女は、その小さな唇でふう、ふうと息を吹きかけながら、この指に絆創膏を貼ってくれたんだ。そうやって誰かに手当てしてもらうっての、子供のころ、おふくろにやってもらって以来なんだよな。そういえば彼女、どこかおふくろと雰囲気が似ていたな。その日はそれでおしまい。そして今日、雨の中、バス停で二度目の出会いがあったってわけさ」

そこで言葉を切ったドンウクが、テーブルの上にあった『ある愛の詩』のチケットを手に取った。

「何を乾かしているんだ？　『ある愛の詩』？　一緒に見に行くのか？」

イナはあいまいにうなずいた。

「うらやましい限りだ。こっちは断られてしまった。しかしそこで引き下がるぼくではない。次に偶然どこかで顔を合わせたら見に行こう、と粘ったんだ。だからなんとしても偶然の機会をつくり、顔を合わせなければならない。どういう手を使うか、いま悩んでいるところだ」

「同じ映画を見に行くのか」

「大流行したせりふがあったじゃないか。愛は、あやまったりしない、とかなんとか。女たちがどうしてこのせりふにうっとりしてしまうのか、ちょっと理解に苦しむところだな」

イナはユニの日記帳を思い出していた。

「愛は真心、お互い真心を理解しているのだから、あやまる必要などない、ということだからじゃないかな」

からかうような調子で、ドンウクが言った。

「ほお、ぼくが女だったら、絶対おまえに惚れてしまうな」

焼酎をぐいと飲み干してから、イナが言った。

「ぼくが女なら、絶対おまえに惚れない。保証する」

「何だと⁉」

一本の焼酎はすぐに空になってしまった。

イナはあらためてドンウクの顔を見た。

まだ大学に入ったばかりのころだった。同じこの場所でギターを弾きながら自分で作詞、作曲した曲を歌っていたとき、通りがかりにそれを聞いた、と言いながらここにやってきて、手を差し出したのがドンウクだった。大学に入って初めて握手した男だった。そしてイナの音楽を初めて理解してくれたのも、ドンウクだった。

それ以来、ドンウクはイナの無二の親友となった。イナにとって、何よりも大切な存在だった。

数日後、アトリエで絵を描いていたイナは、スーツを着たドンウクとチャンモに連行されるかのように外に引っ張り出された。

校舎を出ながら、イナは抗議の声をあげた。

「いったいどこへ連れて行こうっていうんだ」

イナの腕を引っ張りながら、ドンウクが言った。

「行けばわかるって」

「おまえたちふたりともおめかしして、何があるっていうんだ？」

チャンモが自分の着ているスーツを見ながらこたえた。

「お、これか。友達のおやじに頼んで、無理に借りてきたんだぞ」

連れて行かれたのは、大学の近くにある生ビールが売り物のしゃれたレストランだった。ここで合コンをするのだと言う。

イナはあらためてドンウクに訊いた。

「それで、合コンにいったい誰が来るって？」

「なんとしてでも偶然の機会をつくるって言ったじゃないか。その彼女さ。そして一緒に映画を見に行く」

「つまり、合コンで偶然顔を合わせるってわけか」

「そう、そのとおり。この歴史的な瞬間に、おまえとチャンモが立ち会わないでどうする？　だから、援護射撃頼むぞ。さあ、席はそっちだ」

　イナとチャンモが席に着くと、ドンウクはちょっと用がある、と言って外に出て行った。それを見ながら、チャンモが言った。

「おい、あいつがあんなに一所懸命になるなんて、どんな女なんだ？」

　イナが首を振った。

「ぼくも気になってしかたがないんだ」

「おまえも知らないのか」

　イナがうなずく。

「ヘジョンと同じ学部らしいんだが……」

「家政学科？」

「うん。いやがるヘジョンに頼み込んで、なんとか実現にこぎつけたらしい。さて、どんな女があらわれるか。大金持ちで早死にしてくれる女が理想だ、なんて言ったらどつかれるよな」

　家政学科と聞いて、まさかとは思いながらも、イナは口を開いた。

「もしや……」

　同じことを考えていたらしく、チャンモがうなずいた。

「あ、あのマドンナ！」

　ちょうどそのとき、ドンウクが戻ってきた。チャンモがドンウクの腕をつかみながら、訊いた。

「おい、あの女だろう。ヘジョンが嫌っていたマドンナ。だからヘジョンがいやがっていたんだ。そうだろう」

にやにや笑いながら、ドンウクがこたえた。

「さてね。来ればわかるさ」

ちょうどそのとき、ヘジョンが顔を見せた。

「遅刻ってわけじゃないわよね。さあみなさんお待ちかね、わが家政学科の美女の登場です」

ドンウクが立ち上がって迎える。

どうかそんなことにはならないでくれ、というイナの願いも空しく、ヘジョンに続いて顔を出したのは、恥ずかしそうに顔を伏せたユニだった。

そのうしろには、以前図書館で、イナにはいいなずけがいる、とユニに話していた女子学生がついてきていた。

ヘジョンが続ける。

「図書館に行こうとしていた学友を拉致《らち》してきたのよ」

ドンウクがユニに声をかけた。

「こんなところで偶然お会いすることになりましたね」

ユニが顔を上げる。そのときになって初めて、ユニもそこにイナがいることに気づいたようだ。

ドンウクが言葉を継ぐ。

「ぼくたち、映画を見に行く約束だったよね」

「え？」

ユニは当惑した様子で、立ちすくんでいる。

チャンモの前にヘジョンが座り、ユニはドンウクの前に、そしてもうひとりの女子学生がイナの前に座った。

まずは男たちが自己紹介をする。続いて女たちの自己紹介だが、全員がヘジョンを知っているので、ヘジョンの自己紹介は簡単に終わった。次はイナの前に座った女子学生だ。

「はじめまして。ファン・インスクと申します。わたしの父は、名前を言えばおそらくみなさんご存知の会社のオーナーなのですが、それを言って色眼鏡で見られるのは本意ではないので、その点は伏せておきます。わたしの魂を揺さぶるのは、なんといっても、美術です。わたしの夢は、画家の妻になることです。よろしくお願いします」

最後に残ったのはユニだった。ドンウクがユニをうながす。

「さあ、最後はキム・ユニさんですね」

ユニが頭を下げた。

「はじめまして、家政学科二年のキム・ユニです。お会いできて光栄です」

ユニの自己紹介はそれで終わりだった。

一番向こうの席のチャンモが拍手をした。

「おれも、会えて光栄だと思っているよ」

慶尚道訛りでおどけるチャンモに笑いがはじける。

ユニとドンウクの顔を見ながら、ヘジョンが訊いた。

「さっき映画に行くとか言っていたけど、ふたりはもうそんな約束をしているの？」

にこやかに笑いながら、ドンウクが説明した。

「ぼくたち以前偶然顔を合わせたことがあって、そのときもう一度偶然会うようなことがあったら、一緒に『ある愛の詩』を見に行くって約束したんだ」

ヘジョンが驚いた声をあげる。

「え、本当？」

ユニが困惑した表情で言い訳をした。

「そうじゃなくって……」

しかし隣のインスクが、ユニの話の腰を折った。

「ふうん、そういう約束があったんだ。『ある愛の詩』、あたしも見てみたいわ」

チャンモが舌打ちした。

「おれはあんな映画、見たいとも思わないね。愛は、あやまったりはしない……？　まったく、何の意味かさっぱりわかんねえ」

それを受けて、ドンウクがユニの顔を見ながら言った。

「それはつまり、愛は真心、お互い真心を理解しているのだから、あやまる必要などない、とそういう意味なんじゃないかな」

ユニが驚いた表情でドンウクを見た。

満足げな表情で、ドンウクがユニに訊いた。

「どうかした？」

「え、いいえ。ただ、なるほどな、と思ったので……」

ドンウクがイナの顔を見ながらにやりと笑った。気配を察して、ヘジョンが声をかけた。

「何なの？　ふたり、もう心が通じ合ってしまったわけ」

雑談がひととおり終わると、いよいよパートナーを決める儀式がはじまった。男たちがそれぞれ自分の持ち物をテーブルにおき、それを女たちが選ぶ、というゲームだ。テーブルの上には、時計、鉛筆、そして絆創膏が並んだ。

ドンウクが立ち上がった。

「さあ、ではパートナー選びをはじめますよ。男たちが餌を投げたので、淑女のみなさんはその中からひとつを選び出してください。さて、誰からはじめますか？　まず最初は……」

話が終わらないうちに、インスクが時計をつかんだ。

「あたしこれ！　これ、イナ先輩のでしょ」

イナが首を振った。

「それ、あいつのなんだ」

チャンモの顔を見て、インスクが目を丸くして叫び声をあげる。

「え、誰？　え、え！」

チャンモもまたため息を漏らした。

「おれのほうも、え、え、だ」

ドンウクが高らかに宣言する。

「最初のカップルは、インスク嬢とチャンモ君」

泣きべそをかきながら、インスクがユニに言った。

「これで決まりなの？　なにこれ、まるで悪夢よ」

ふてくされた顔で、チャンモが言った。

「全部聞こえてるぞ」

笑いがひとわたりする。

静かになったところで、ドンウクが口を開いた。

「さて、次は、ユニさん」

緊張した表情でテーブルを見つめていたユニが選んだのは鉛筆だった。イナが美術学科の学生であることを意識して鉛筆を選んだらしい。うれしくなったイナが、その鉛筆が自分のものであると言おうとした瞬間、ドンウクがテーブルの下でイナの太腿をぴしゃりと叩いた。

イナがドンウクの顔を見る。

にやりと笑ったドンウクが、ユニの手にある鉛筆をつかんだ。

「あ、それ、ぼくのだ。ぼくたち、本当に運命の赤い糸で結ばれているみたいだね」

満面の笑みを浮かべるドンウクを、イナはただ呆然として眺めていた。

合コン以後、ドンウクがいろいろな理由をつけて、六人での集まりを催した。ユニとふたりきりで会うことができないからそうしているらしい。六人で集まると、ドンウクは誰はばかることなくユニに好意を抱いていることを示した。イナはおのれの思いを押し殺して、横でただ黙ってそれを見ていた。

ユニの好きな花がカスミソウであると教えると、ドンウクはさっそくカスミソウの花束を用意し、芝居気たっぷりに膝をついてユニに捧げた。ユニは戸惑いながらも、カスミソウを受け取った。

そのあと、芝生の上に六人が輪になって座ると、インスクが丸めて一枚一枚飾り紐で縛った韓紙を配った。広げてみると、詩が書かれてあった。金春洙《キムチュンス》の代表作のひとつ、「花」だった。

金春洙は解放前日本に留学したが、朝鮮独立運動に関与したという理由で日本大学を退学させられ、投獄された。解放後、詩人としてデビューし、いまは韓国詩壇の重鎮である。

わたしが彼の名を呼ぶ前は
彼はただ
ひとつの仕草に過ぎなかった

わたしが彼の名を呼んだとき
彼はわたしのところにやってきて
花になった

わたしが彼の名を呼んだように

わたしのこの色彩と香りにふさわしく
誰かわたしの名を呼んでほしい
その人のところへ行ってわたしも
その人の花になりたい

誰もがみな
何かになりたいと思っている
わたしはあなたにとって、あなたはわたしにとって
忘れることのできないひとつの意味になりたいと思っているのだ

最初の一行をインスクが朗読した。続いてチャンモ、ヘジョンと朗読していく。最後の一行をイナが朗読すると、インスクが拍手した。

「すごいわ。とっても素敵！」

紙コップにジュースが注がれ、全員に配られる。紙コップを手に、ドンウクが言った。

「この六人の出会いがあって二週間が過ぎた。それを記念するとともに、これからもこのセラヴィ六人組がひとつにまとまっていくことを誓って……」

冗談めかしてチャンモが言った。

「ひとりは六人のため、六人はひとりのため！　裏切り者には死を！」

インスクがまぜっかえす。

「死を、というのはひどすぎるんじゃない？」

再びドンウクが紙コップを高く掲げた。

「だからひとりとして脱落することなく、われら六人の永遠なる友情が続くことを！」

ジュースで乾杯する。

イナは目の前に座っているユニを見た。切なかった。ドンウクのためにおのれを殺そうと努力してきたが、もう限界だった。学園祭までに作品を仕上げなければならない、と言って、イナはその場を離れた。


学園祭を前にして、女子学生たちは服の調達に忙しい毎日を送っていた。ユニもヘジョン、インスクと三人で久しぶりに明洞《ミョンドン》に出てきた。

試着を済ませて出てくると、ヘジョンとインスクの話し声が聞こえてきた。それが自分のことだったので、ユニは思わず足を止めた。

最初に聞こえてきたのはヘジョンの声だった。

「イナ先輩が誰のことを嫌っているって？」

こたえるのはインスクだ。

「みんなで集まろうって言っても、イナ先輩、なかなか顔を出さないじゃない。出てきてもすぐに帰ってしまったり」

「だから？」

「なんか、ユニを避けているように見えるのよ」

「イナ先輩がなんでユニを避けなければならないのよ」

「それがよくわからないのよね。もしかしたら、ユニが自分のことを好きだって、錯覚しているんじゃないかしら」

「え？」

「だから、ユニの顔を見たくなくて、避ける……どう、つじつまが合うでしょ」

「まさか」

そのときになってやっと、インスクはそこにユニがいるのに気づいた。ユニが顔を出すと、インスクは悪びれもせずに声をかけてきた。

「ユニ、遅かったじゃない」

買い物を終え、店を出る。インスクは何着も服を買ったが、ユニとヘジョンは結局何も買わないで店を出た。

店の外で、インスクがふたりに声をかけた。

「今度はどこへ行く？」

ヘジョンが首を振った。

「授業があるから、学校に戻るわ」

インスクがユニの顔を見る。ユニも首を振った。

「わたしも」

「そう」

振り返ったインスクが身を硬くした。

ユニはインスクの視線を追った。

はさみを手にした警官が長髪の若者の髪を切っている。その隣では定規を持った警官が、若い女性の太腿に手をあて、ミニスカートの長さをはかっている。

ヘジョンがインスクにささやいた。

「二〇センチ超えるの」

「当然でしょ」

ミニスカートが膝上二〇センチメートルを超えると連行されてしまう。

インスクはヘジョンのうしろに隠れるようにして、スカートの内側にまくり上げていた裾を下におろした。あっと言う間に太腿を露出した大胆なミニスカートが、おとなしい普通のスカートに早変わりする。

インスクがニッと笑った。

「ふふ、用意万端……」

あきれたような顔でヘジョンが言った。

「まったく、勉強にそれだけの努力をしたら?」

警官が近寄ってきたが、もちろん三人とも何の問題もない。インスクはちょうど停車したタクシーに乗った。

ユニはヘジョンと一緒に大学に戻った。

歩きながら、ヘジョンが訊いた。

「ドンウク先輩のこと、どう思っているの？」

返事ができないまま戸惑っているユニに、ヘジョンはさらに質問した。

「ドンウク先輩がユニを好きだってこと、気づいているでしょ。ドンウク先輩、本気みたいよ。つまり、真心でユニに向き合おうとしているわ」

少し考えてから、ユニがこたえた。

「その話をしたときは、心が揺らいだわ」

「え？」

「愛は真心だっていう話。だから、あやまったりはしないって」

「あ、『ある愛の詩』ね」

「うん。感性がわたしと似ているように思えて……」

「よかった」

「え？」

「インスクの話を聞いて、わたし、ぎょっとしたのよ」

「どういうこと？」

「イナ先輩とユニと、何かあるんじゃないかと思って。わたし、イナ先輩のこと、好きになってしまったの。ユニ、これは絶対に誰にも秘密よ。インスクにも。ね」

ユニはあまりのことに、何もこたえることができないでいた。ヘジョンは、さらに話を続けた。

「有名な画家の中に、自分の妻の肖像画だけを描く画家がいるんだって。イナ先輩に、どうして人物画を描かないいか、と質問したら、そんなこたえが返ってきたそうよ。自分もそうありたいって。イナ先輩が描くのは、愛する人の肖像画だけってこと。わたし、イナ先輩にわたしの絵を描いてもらうわ」


イナに用がある、というドンウクに付き合って美術学科のアトリエに来てみたが、チャンモとしてはここに何の用もない。

テーブルの上にりんごが載っていた。静物画を描くときに使うものらしいが、表面に大きな傷があり、とても使い物になりそうにない。周囲を見回し、誰も自分に注意を向けていないことを確認してから、チャンモはりんごを手にした。傷があっても、実にうまそうだ。

シャツで表面を磨いてから、かぶりつく。

果汁が口いっぱいに広がる。

ドンウクはすがりつくような目でイナに頼み込んでいた。

「ユニさんのことは、おまえが一番よく知っていると思うんだ」

絵を描きながら、困惑した表情でイナがこたえる。

「どうしてぼくがユニさんのことを知っているだなんて思うんだよ」

「おまえと似ているんだよ。おまえが好きだと言うもの、みんなユニさんの好みなんだ。『ある愛の詩』からカスミソウまで」

「単なる偶然だ」

「そんな冷たいこと言わないで、アドバイスを頼むよ。今度の学園祭で口説き落とすことができなければ、このままずっと友達で終わってしまうかもしれないじゃないか」

「口説くなんて考えずに、真心で向き合えばいいじゃないか」

「だからその真心って何なんだよ」

「そんなことどうしてぼくにわかるというんだよ。彼女を愛しているのはぼくじゃないんだから」

どうもイナの口調にはトゲがあるように感じられる。りんごをかじりながら、チャンモはそっとイナの表情をうかがった。

ドンウクも同じように感じているようだ。腹を立てているような表情でドンウクが言った。

「おい、怒っているのか?」

イナが立ち上がった。ドンウクを無視したまま、チャンモにだけ「講義があるから」と言って飛び出していく。あわててドンウクがイナのあとを追って出て行った。

アトリエには誰もいない。テーブルの上には、傷のないりんごがある。チャンモはにやりと笑った。

「盗み食いするりんごが最高だって言うけど、試してみるか」

りんごの皮をシャツで磨き、一口かぶりついた瞬間、誰かがチャンモの耳を引っ張った。

「イタタ……、誰だ」

「おい、何をやっているんだ」

見ると、体重がチャンモの二倍はありそうな男だった。この男には見覚えがある。確か、美術学科の講師だった。

チャンモは平謝りに謝ったが、講師は許してくれなかった。

ちょうど男性ヌード・モデルが足りなくて困っているという。アルバイト料も払うという講師の甘言に乗って、次の時間、チャンモはヌード・モデルを引き受けることにした。

しかしいざ裸になって台の上に座ってみると、恥ずかしくてたまらない。学生の中には、当然女子学生もいた。

「まったく、天を仰ぎ、一点の恥なき人生を送ろうと思っていたのに、なんたるざまだ！」

〝死ぬ日まで天を仰ぎ、一点の恥なきことを〟は有名な尹東柱《ユンドンジュ》の「序詩」の冒頭の一節だ。

デッサンの時間が終わり、服を身に着けてからも、チャンモは何かだまされたような気分になっていた。いくらなんでも学校で素っ裸になるというのはやりすぎのような気がしたのだ。

チャンモは帰り支度をしている画学生に声をかけた。

「おい、本当にヌード・デッサンのときは素っ裸になるのか」

いぶかしげな顔で、画学生がこたえた。

「当たり前だろ」

「なら、女は？」

「女だって同じだ。ヌード・モデルなんだから」

女も同じように素っ裸になると聞いて、チャンモは目を丸くした。ということは、イナも素っ裸の女を描いているはずだ。

「あいつ、ひとりで楽しみやがって……」

そういう楽しいことがあったら教えてくれるべきなのに、イナは一言もいわなかった。

「あの野郎……」

つぶやきながら、チャンモはイナのキャビネットを開き、素っ裸の女の絵を探した。

表のほうにあるのは、平凡な風景画だけだった。奥の絵を引っ張り出したチャンモは、目を大きく見開いた。

一枚の素描と、数枚の油絵。

若い女性がベンチに座って本を読んでいる。

絵心のないチャンモにも、その絵に込められた情熱を感じ取ることができた。

その女性は、ユニだった。

「どうして……」

つぶやきながらも、イナがこの絵を描いた理由は痛いほどわかった。ユニに惚れているのだ。

しかし……。

チャンモは頭を抱えこんだ。

講義を終え、イナは校舎から外に出たが、どうも気分がすぐれない。ドンウクに冷たくしてしまった、というのが心に引っかかっているのだが、ユニのことを思うと、居ても立ってもいられなくなる。

うしろから肩を叩かれた。ドンウクだった。

「まだ怒っているのか？」

「別に」

「わかったよ。おまえの大好きな真心、その真心で彼女に向かい合うようにする。これでいいんだろ」

そこで言葉を切ると、ドンウクはまたイナの肩を叩いた。

「彼女を傷つけるんじゃないかって心配しているんだろ」

「そんなんじゃない」

「そうなんだよ。わかっているんだから。ぼくが軽く女の子と付き合ってきたこと、気に入らないんだろ。でも今度は違う。今度のぼくは、真心だからね。ところで、その女、その後どうなった」

「え？」

「三秒の女。その後また会ったのか」

イナはさびしげに首を振った。

「いや、彼女のことはあきらめた」

「どうして」

「他の男の人がいたから」

「なんだ、それであきらめたのか。闘いもせず」

「闘うわけにはいかないんだ。闘いたくもないし。そういう心配をすることなく告白ができるおまえがうらやましいよ」

「おい、それはどういう意味だ」

向こうからユニとヘジョンが歩いてくるのが見えた。手を振りながら、ドンウクが声をかけた。

「またショッピングに行ってきたのか」

四人で肩を並べてキャンパスを歩く。

ユニの顔を見てテンションの上がったドンウクが叫ぶように言った。

「天気もいいし、このまま四人で遊びに行こうか」

手を叩きながらヘジョンがこたえる。

「本当？　どこへ行く？」

「何も考えずぼくのあとをついてくればいい」

三人に向かって、イナが言った。

「ぼくはちょっと用があるから。三人で行ってきて」

ヘジョンがいぶかしげな顔を向けてきた。

「イナ先輩、やっぱりそうなの？」

「え？」

「ユニと一緒にいるのがいやなの？」

突然そんなことを言われて、イナは返事に窮した。ユニがヘジョンを止めようとして、ヘジョンの肩を押さえている。

ドンウクが口を挟んだ。

「どういうことだ？」

「インスクが言っていたんだけど、イナ先輩、ユニがいると、集まろうって言っても出てこないじゃない。避けているんじゃないかなって」

「まさか。どうしてイナがユニを避けなければならないんだ」

そう言いながら、ドンウクがイナの方を向いた。

「な、そうだろ」

イナはあいまいにうなずいた。

いたたまれないような表情で、ユニが言った。

「わたしも授業があるので、行きます」

頭を下げて、ユニが立ち去る。ドンウクがヘジョンの肩をつついた。

「おまえが余計なことを言うからだぞ」

もじもじしながら、ヘジョンが訊いてきた。

「本当に、ユニを避けているの？」

無理に笑顔をつくりながら、イナはこたえた。

「そんなはずあるわけないだろ。ドンウクが愛している女性なんだから」

ふたりと別れ、イナはアトリエに向かった。絵筆を手に取ったが、まったく集中できなかった。日が暮れるころ、雨が降り出した。イナは絵筆をおいて、図書館へ向かった。

図書館の入り口の前に、ユニがたたずんでいた。

傘をたたみながら、イナはユニに声をかけた。

「傘を持っていないの?」

「大丈夫です。友達が来ることになっているので」

「そう」

そのまま図書館の中に入ろうとして、イナはもう一度振り返った。ユニの後ろ姿はなにやらさびしそうだった。

イナはユニの前に傘を差し出した。

「友達を待つことないよ。これを使って」

遠慮がちにユニが傘を受け取る。イナが言葉を継いだ。

「どうして最近顔を出さないの? みんな待っているよ」

顔を伏せながら、ユニがこたえた。

「わたし……、イナ先輩がわたしのせいで顔を出さないのなら、わたしが行かないほうがいいのかな、と思って……」

「いったいどこの誰がそんなことを言ったんだ。ぼくはちょっと忙しかっただけ。他の理由なんかないよ。そもそもぼくがユニさんのことをそんなに気にする必要があるわけないでしょ。ドンウクとうまくいっているみたいじゃないか」

「ドンウクさんとはまだ、そういう関係ではありません」

「まあ、その話はあとでゆっくり聞くよ。とにかく、うまくいくことを祈っている。それに、ぼくたちもこれから、友達として、仲良くしようよ」

ユニが顔を上げた。イナはまぶしげにその顔を見つめながら、さらに言葉を継いだ。

「学園祭に来るでしょ。絶対に来てよ。そのときに、また！」

そう言いおいて、イナは図書館の中に入った。歩きながら、必死に涙をこらえていた。これでいいのだ、と自分に言い聞かせていた。自分ひとり耐えれば、すべてはうまくいく、そう思っていた。


学園祭初日の午前中、イナはドンウク、チャンモと一緒に、野外音楽堂の舞台に立った。セラヴィのギター三人組として毎年出演しており、これが三回目だった。

宋昌植《ソンチャンシク》、尹亨柱《ユンヒョンジュ》が歌う「ウエディング・ケーキ」。哀切なメロディが、イナの心を締め付ける。

静かな夜、風が窓を叩く
眠れぬまま、窓を開いて外を見る
誰もいない。ただぽつんと、ウエディング・ケーキがひとつ
誰がおいていったのか。わたしは行く。愛するあなた

夜が明けたら、わたしは行く。愛していない人のところへ
涙を流しながら、わたしは行く。あなたではない人のところへ
夜が明けたら、わたしは行く。愛していない人のところへ
最後に一度でいい、姿を見せてください、愛するあなた

わたしの胸の痛みも知らぬまま、遠くで夜明けの鐘が鳴る
最後に一度、あなたの姿が見られないか、と窓を眺めるが
あなたはもうどこにもいない
ぽつんと残されたウエディング・ケーキ。ただ涙がこぼれおちるばかり

観客席に、ユニ、ヘジョン、インスクの三人が仲良く並んで座っているのが見える。舞台の上から、イナはじっとユニの姿を見つめていた。

公演が終わると、六人で学園祭の見物に出た。楽しい催しにみなは浮かれているが、イナの心は晴れない。

ドンウクが所属している跆拳道《テコンドー》クラブの演武もあった。稽古着に着替えたドンウクがユニの前で華麗な二段蹴り、飛び回し蹴りを決め、気勢をあげた。

日が西に傾くころ、ドンウク、チャンモ、インスクが飲み物を買いに行き、イナはユニ、ヘジョ

ンと三人でぶらぶら歩いているときだった。ヘジョンが『愛のキューピッド・ゲーム』なるものを見つけてきて、イナにやってくれ、としつこくねだった。

見ていると、模擬店の学生が出てきて熱心に説明しはじめた。

「さあ、どうぞ。愛のキューピッド・ゲームです。あのスケッチブックに愛する人の名前を書き、その上にあるりんごに描いてあるハートに矢を命中させれば、ふたりの愛が実る、というゲームです。そして矢が命中すれば、こちらにあるぬいぐるみをプレゼントしますよ」

イナの承諾も得ないまま、ヘジョンは店の学生に自分の名を告げた。

矢を手に取りながら、イナはヘジョンを見た。ヘジョンは恥ずかしそうに視線をそらせながら、言った。

「別に深い意味があるわけじゃないわ。ぬいぐるみがほしいだけよ」

弓があるわけではなく、竹の筒にゴムを引っかけた簡単な遊具が置いてあった。これで矢を射るらしい。こんなもので矢がまっすぐに飛ぶとも思えないが、とにかく狙いを定める。数メートル先に、オードリー・ヘップバーンの写真があり、そこからスケッチブックが吊るされている。スケッチブックには大きく、ペク・ヘジョンと書かれている。スケッチブックの上は台になっていて、りんごがひとつおいてある。りんごはハート形に皮が剝かれてあった。

イナは慎重に狙いを定めて矢を射た。しかし矢は大きくはずれてしまった。

与えられた矢は三本。チャンスはあと二回だ。

二本目の矢は見事りんごを射落とした。歓声をあげたヘジョンがぬいぐるみを選びはじめた。

店の学生が、イナの隣にたたずんでいるユニに声をかけた。

「そちらの彼女もどうですか?」

ユニが返事をする前に、ヘジョンが言った。

「ユニもやってもらいなよ」

ヘジョンが店の学生にユニの名前を教える。すぐに、キム・ユニと書かれたスケッチブックがりんごの下に吊るされた。

イナはユニの顔を見た。ユニは当惑したような表情でこちらを見ている。

遊具を構える。矢の先がかすかに震える。

一発で決める、と思い、力みすぎたか、矢はとんでもない方向へ飛び去っていった。

二本目はりんごのすぐ脇だったが、はずれははずれだ。

ヘジョンが声をかけてきた。

「最後の一本よ、がんばって」

慎重に狙いを定めているところに、ドンウクたちが戻ってきた。チャンモが顔を突き出す。

「なになに……愛のキューピッドの矢?」

ニコニコ笑いながら、ヘジョンがぬいぐるみを高く掲げた。

「イナ先輩が矢を当てて、これ貰ったのよ」

スケッチブックを見ながら、ドンウクが言った。

「こいつめ、ぼくのいない間に愛を独占しようとしていたな。よし、ユニのだろう。ぼくに任せろ。

弓は得意なんだ」

ドンウクが遊具に手を伸ばした。

いつもなら素直に譲るはずだったが、このときだけはどうしても自分で矢を射たかった。

「いや、ぼくがやる」

そう言うと、イナは再び狙いを定めた。

ゴムを引き、矢を射る。

今度はりんごの中央を矢が射抜いた。

ほっとすると同時に、何か気まずいものを感じ、イナはその場を離れた。

日が暮れると、マッコリ・パーティとなった。

やかんに入ったマッコリを買ってきて、芝生の上に円陣を組む。それぞれにマッコリがいきわたったところで、みなが器を高く掲げた。

「乾杯」

一息にマッコリを飲み干したドンウクが、隣を見た。ユニはマッコリに口をつけることもできないまま、困った顔をしている。ドンウクはさっとユニの器を手にすると、そのマッコリも一息に飲んでしまった。

それを見ていたヘジョンが抗議の声をあげた。

「ずるい、反則よ」

平気な顔で、ドンウクがこたえた。

「反則でもかまわないさ」

マッコリを飲みながらのゲームとなった。簡単なゲームをし、負けたら質問にこたえなければならない、というルールだ。

イナが負けると、ヘジョンが手をあげた。

「わたしが質問するわ」

一呼吸おいてから、ヘジョンが口を開いた。

「イナ先輩、昔こんなことを言っていたのを、覚えています？　どうして人物画を描かないのか、と訊かれて、将来愛する人があらわれたら、ずっとその人だけを描いていきたいと思っている、だからいまは人物画を描こうとは思わないって。今でもそう思っているんですか」

感心したような顔で、チャンモが言った。

「へえ、イナがそんなかっこいいこと言ったんだ」

少し考えてから、イナはヘジョンにうなずいてみせた。ヘジョンがにっこり笑った。

「わかったわ。いったい誰の絵を描くことになるのか、期待して待っているから」

さらにゲームが続く。今度の犠牲者はドンウクだ。まわりから十字砲火を浴びたドンウクは口をとがらせた。

「おまえら、卑怯だぞ。ぼくを狙い打ちにするなんて」

ヘジョンがドンウクをなだめる。

「まあ、まあ、落ち着いて。では質問するわね。これまで付き合ってきた女の子と、ユニはどう違うの？」

チャンモがまた感心した顔になった。

「いや、実に鋭い。いい質問だ。こら、ドンウク、ちゃんとこたえろ」

ドンウクは姿勢を正して、こたえた。

「ぼくの心です」

一同を見回してから、もう一度ドンウクが口を開いた。

「真心です」

みながぽかんとした顔で自分を見ているのに気づき、ドンウクはにやりと笑って付け加えた。

「いや、みんなには見えないのかな、ぼくのこの真心」

顔を突き出すようにしてチャンモが言った。

「それと同じことを、他の女にも言ったように思うんだけどな」

ドンウクがチャンモを怒鳴りつける。

「おい、もう酔っ払ったのか」

首をかしげながら、ヘジョンが言った。

「まあ、真心ではあるようね。そういうことも言っていたし。ほら、愛は真心、お互い真心を理解しているのだから、あやまる必要などないのだって」

それを聞いて、頭をかきながらドンウクが弁明した。

「それ、本当はイナの受け売りなんだ」

驚いた顔でヘジョンが言った。

「え、本当？　ユニはその言葉を聞いて、ドンウク先輩のこと好きになったみたいなのに。ということは、ユニ、あんた、イナ先輩の言葉にときめいたってこと？」

その瞬間、夜空にポンという爆発音がはじけた。

空を見上げる。

花火だ。

みなで立ち上がって、花火を見た。

イナはユニの後ろ姿をじっと見つめていた。


花火が終わると、今度は講堂に向かった。軽やかな音楽が聞こえてくる。中では男女が輪になってフォークダンスを踊っていた。

ドンウクがイナの肩を叩いた。

「今日は先に消えるぞ」

「え？」

「雰囲気も最高だし、勇気を奮って告白することにしたんだ」

そこでドンウクは右手の拳を突き出した。いつもならそこに自分の拳をぶつけ、「ファイト！」と力づけてやるのだが、イナはただ呆然と突っ立っているだけだった。

いぶかしげな顔でドンウクが言った。

「どうしたんだ、ほら」

催促するように拳を突き上げる。イナはあいまいな笑みを浮かべた。

ヘジョンが寄ってきた。

「イナ先輩、踊れる？」

「まあな。でも君がこういうのを好きだとは、意外だな」

「相手によるのよ、行きましょう」

ヘジョンに手を引かれ、イナはダンスの輪に加わった。くるくる回りながら、女の子が入れ替わる。

ユニがあらわれた。

ぎこちなく手をつなぎ、踊る。

ユニが隣に移動する。

手を離したくなかった。

行くな、と言いたかった。

切なかった。

自分が耐えればいいんだ、と思いながらも、とても耐えられそうになかった。

音楽が終わる。

輪になった男女が拍手を送る。

入り口のところで、ドンウクが手を上げてユニを呼んだ。

「ユニさん、こっち」

ユニがドンウクの方に足を向ける。どうすることもできないまま、イナはそのユニをじっと見つめていた。

その瞬間、フォークダンス会場と書かれた巨大な立て看板が音を立てて崩れた。

その下にユニがいる。

飛び出したイナはユニに覆いかぶさるようにして倒れ、右腕で立て看板を受け止めた。

激痛が走る。

大騒ぎになった。

イナはすぐに医務室に運ばれた。

幸い、骨は折れていないが、ギプスで固定する必要があるという。ギプスを巻き終わると、ドンウクとユニが治療室に入ってきた。

イナの様子を見てから、ドンウクが言った。

「みんなを呼んでくる。おい、患者、ユニを安心させてやれ。ずいぶん心配していたぞ」

ドンウクが出て行く。残ったユニは、今にも泣き出しそうな表情だ。

ギプスが巻かれた右腕を上げながら、イナが言った。

「すぐに治るから。落書きでも……」

それでもユニの表情はこわばったままだ。イナが付け加えた。

「笑ってくれるかと思ったんだけど……」

ユニの目から大粒の涙がひとしずく落ちた。イナはぎくりとして顔を上げた。泣きながら、ユニが言った。

「ごめんなさい。事故のとき、もう本当に……。昔、両親がわたしを助けようとして、車に轢《ひ》かれて死んでしまったんです」

「そんなことがあったんだ。知らなかった。ごめん」

ユニは泣きながら、首を左右に振った。

ノックもなく扉が開き、ドンウク、チャンモ、ヘジョン、インスクが入ってきた。笑いながらドンウクが言った。

「おい、どんな様子だ」

「まあ、大丈夫だ」

「二週間もあれば完治するそうだ」

イナはうなずいた。幸い、みなイナのほうに注意を向けているので、ユニが泣いていることに気づいた者はいなかった。

下宿に戻ると、チャンモが改まった調子で訊いてきた。

「まったく無茶するんだから。ところで、何かおれに相談したいことがあるんじゃないのか」

「え？」

「いや、ルームメイトに相談したいと思うようなことがあるんじゃないかなと思ってさ。たとえば女性問題とか」

突然何を言い出すのか、とイナはいぶかしげな顔を向けるばかりだ。

チャンモがしつこく食い下がってきた。

「いや、たとえば女性問題とか、いや、女性のことで……」

イナが何も言わないでいると、チャンモが話題を変えた。

「だから、おまえの三秒の女、それ、もしかしたら……」

チャンモの話の途中で、建て付けの悪い扉が大きな音を立てて開き、ドンウクが顔を出した。話の腰を折られたチャンモが、ドンウクに食ってかかった。

「おい、お城みたいな豪邸に住んでいるおぼっちゃまが、こんな時間に何の用だ？」

「なんだ、来たらだめだと言うのか。ユニさんを送っていった帰りだ。ところでイナ、怪我のほうはどうだ」

イナは微妙に視線をそらしながらこたえた。

「うん、大丈夫だ。でも、ごめんな。告白しそこなったんだろ」

「友達が怪我をしたっていうのに、告白なんか……。あとでまた機会をみて告白するさ」

「ごめん」

突然、チャンモがイナとドンウクの肩をつかんで、大声をあげた。

「おまえたちの友情は涙なしで見ていることはできねえぞ。これからもずっとその友情を育てていこうな」

セラヴィの舞台で、チャンモは歌っていた。ＤＪブースにはドンウクが入っている。向こうのテーブルではヘジョンとインスクがこちらを見ていた。最初はあれほどチャンモを毛嫌いしていたインスクが、このところしつこく言い寄ってくるようになっていた。
チャンモはギターをかき鳴らした。

あの娘とぼくには秘密があった
あの娘とぼくはふたりきりで会った
あの娘とぼくは愛し合っていた
あの娘とぼくは愛を育てていた
でも、いまあの娘はいない

あの娘の顔を見るだけで幸せだった
あの娘が笑うとぼくも笑った
あの娘が悲しんでいるときはふたりで泣いた
あの娘とぼくは愛を育てていた
でも、いまあの娘はいない

あの娘の名を口にすることはできない

イ・ジャンヒの「あの娘とぼくは」だ。最後の一節を歌ったとき、インスクが立ち上がり、「インスクでしょ、インスク！」と大声をあげた。

ＤＪブースのドンウクが甘い声で「秋の日、愛する人に手紙を書いてはどうでしょうか。『秋の手紙』です」と紹介し、続いて楊姫銀《ヤンヒウン》の透明な歌声が聞こえてきた。作詞は、飲んだくれの抵抗詩人としても有名な高銀《コウン》。作曲は高銀に輪をかけた飲んだくれの金敏基《キムミンギ》。金敏基の曲はほとんど禁止歌謡になっている。

秋には手紙を書きます
誰でもいいのです　受け取ってください
落ち葉が積もる日
孤独な娘が美しいのです

秋には手紙を書きます
誰でもいいのです　受け取ってください
落ち葉が積もる日
さまよっていた娘が美しいのです

秋には手紙を書きます
うつろう心を送ります
落ち葉が消える日
見知らぬ娘が美しいのです

席に戻ると、インスクが満面の笑みで迎えてくれた。

「チャンモさん、素敵だったわ。ありがとう」

「もう、みんな見ているじゃないか。恥ずかしくないのか」

席に着こうとすると、ヘジョンが口を開いた。

「ところで、イナ先輩はどう？」

「飯も食えないし、服もひとりで着ることはできない。全部おれが手伝ってやったよ。イナが注文したギター、今日来ることになっているけど、音を聞くこともできないだろうな」

そこまで言ったチャンモは、目の前でインスクが一心にマッチの塔を積んでいるのに気がついた。もうすぐ完成しそうだ。

「ところでインスクさん、それ、おれに関係しているわけではないよね」

「ピンポーン、大当たり！　百段積むと願いがかなうの」

「願いって？」

「わたしとチャンモさんの愛の塔。一段、十段、百段……」

チャンモはあわてて、マッチの塔から一本引き抜いた。完成目前の塔が音を立てて崩れる。インスクが悲鳴をあげた。

「きゃ！　ひどい。あんまりだわ」

泣きべそをかきながら、インスクが飛び出していった。それを見ながらヘジョンが言った。

「ちょっと、ひどすぎるわよ」

ふてくされたような顔で、チャンモが言った。

「知るか！　好きとなったら脇目もふらず突進してくるんだから、怖いぐらいだ」

チャンモは、テーブルの上に散らばっているマッチ棒を集め、塔を建てはじめた。

楊姫銀の曲が終わり、ドンウクがＤＪブースから出てきたが、店の主人に呼び止められ、そのまま外に出て行った。塔を建てるチャンモの手元を見ながら、ヘジョンが言った。

「チャンモ先輩は何を祈って塔を建てているの？」

ぶっきらぼうにチャンモがこたえた。

「祖国と民族の未来」

「え！」

ヘジョンがチャンモをにらみつけた。にやりと笑って、チャンモが言った。

「そんな怖い顔するなよ。もう捕まるようなことはしていないから。このところ二十四時間尾行されているんで、何かやろうにもできないでいるんだ」

「え、本当？」

ヘジョンが首をすくめ、そっとまわりを見回す。

「冗談だよ、冗談。尾行なんていない」

「もう！」

「心配するなって。これからはおまえたちと一緒に、花鳥風月を楽しみながら人生を送るつもりだから」

そこにドンウクが飛び込んできた。

「どうしたんだ？」

興奮した表情でドンウクが言った。

「決まったぞ」

「何が？」

「大学歌謡祭の日程」

「お、本当か」

「イナはどこだ？　まずはイナに知らせなきゃ」

三人で外に出ると、美術学科の校舎に向かった。

歩きながら、チャンモが言った。

「イナのやつ、作曲終わったのかな」

ドンウクがこたえる。

「そろそろ完成してもいいころだ」

ヘジョンが口を挟んだ。

「大学歌謡祭に向けて合宿するんでしょ。わたしたちも行っていい？」

にっこり笑ってドンウクがこたえた。

「もちろん。具体的にはあとでイナと一杯やりながら相談するつもりだけど……。あ、ユニさんも誘うんだぞ、絶対に！」

「もう、先輩ったら」

チャンモがヘジョンの肩を叩いた。

「なあ、イナとおれと、どっちが好きなんだ？」

ヘジョンがチャンモの顔の前で手を振った。

「いやだ、なんでそんなことを聞くのよ」

ドンウクも口を挟む。

「そういう幼稚な質問はやめろよ」

チャンモが叫んだ。

「おれにとっては重要な問題なんだ！」

あきれた顔で見つめているふたりを残し、チャンモは美術学科のアトリエに向かって駆け出した。

イナはギプスをはめた手で鉛筆を握り、素描を描いていた。しかしどうもうまくいかない。ユニの肖像を描くつもりだったが、顔の輪郭だけ描いたところで鉛筆をおいた。後片づけをして外に出る。今日は注文していたギターが届く日だ。

校舎の外に出ると、ユニが歩いてくるのにぶつかった。ユニが頭を下げた。

「怪我の具合はどうですか」

「うん、まあまあだ」

ユニが小さな包みを持ち上げて見せた。

「右手が使えなくても簡単に食べられるもの、と思って、海苔巻きを作ってきました」

「でも、いま、ちょっと出かけるところがあって……」

一瞬失望したような顔になったが、すぐに笑顔に戻ったユニがもう一度頭を下げた。

「そうですか。ではわたしはこれで。怪我、早くよくなるといいですね」

立ち去ろうとするユニに、イナはうしろから声をかけた。

「あの、ユニさん」

ユニが振り返る。

「時間、ありますか」

「え?」

「ちょっと手伝ってもらいたいことがあるんだけど」

イナはユニと一緒に、明洞のはずれにある楽器店に向かった。店内で待っていると、店の主人が奥からギターを運んできてくれた。

ギターを手渡しながら、主人が言った。

「おまえが恋人を連れてくるなんて珍しいな」

イナはあわてて手を振った。

「恋人なんてとんでもない。ただの友達です」

「ごまかさなくてもいいぞ」

主人が出て行くと、イナは遠慮がちに立っているユニを手招きした。

「ユニさん、こっちに来てください」

ソファの自分の横の席を指差したが、ユニは動こうとはしない。

「手伝ってくれると言ったでしょ」

ユニが隣に座ると、イナはギター・ケースのファスナーを開いた。ユニがケースを開き、真新しいギターが姿をあらわす。

ギターを見ながら、ユニがつぶやいた。

「きれいなギターね」

「どんな音を響かせてくれるのか、聞かせてほしいんだけど」

「え?」

「見た目には同じように見えても、ギターっていうのはひとつひとつ個性があるんだ。同じモデルでも、音が違うんだよ。このギターの音を早く聞きたいんだけれども、手がこれだから」

「でも、どうやって弾けばいいか、知らないし……」

「じゃあ、ぼくがコードを押さえるから、適当にかき鳴らして」

ユニがギターを抱えた。イナが左手でコードを押さえる。ユニがぎこちないしぐさで弦を弾いた。

美しい音色だ。

コードを押さえながら、イナが言った。

「このコード知ってる？」

ユニがかき鳴らすギターの音色にあわせて、イナが最初の一節を歌った。

香港のシンガーソングライター、陳秋霞《チエルシアチャン》が主演した映画『秋霞　Chelsia My Love』の主題歌で、鍾鎮濤《ケニービー》とデュエットで歌い、世界的にヒットした『One summer night』だ。

　　One summer night the stars were shining bright

続いてユニの歌声が聞こえてきた。

　　One summer dream made with fancy whims

あとはふたりの合唱となった。

　　That summer night my whole world tumbled down

I could have died if not for you
Each night I pray for you my heart would cry for you
The sun won't shine again since you have gone
Each time I think of you my heart will beat for you
You're the one for me

ユニの歌声とイナの歌声とがぴったりと重なり合う。歌いながら、イナは幸せな気分になっていた。


店を出て、歩きながら、イナはユニに訊いた。

「ご両親はどういう方だったの？」

「父は小学校の先生でした。いまでもときどき聞こえてくるような気がするんです。子供たちの歌声、そして放課後、父が弾くオルガンの音……。父と母はとても仲がよかったんです。母は毎朝、目を覚ますとすぐに、父がプレゼントした時計のねじを巻いていました。忘れずに、毎日。その時計、長い間大事にしていたんだけど、先日、失くしてしまいました。わたし、よく物を失くすんです。この前なんか、日記帳を失くしてしまって……」

日記帳、と聞いてイナはぎくりとしたが、何も言わなかった。

「父も母も、『ある愛の詩』が大好きだったんです。だからわたしも、リバイバル公開されたら絶対に見に行こうと思っていたんですが……」

「この怪我のせいで見に行かれなくなっちゃったね。ごめん」

にっこり笑いながら、ユニが言った。

「愛は、あやまったりはしないもの、でしょ」

イナが顔を上げた。頬を真っ赤にそめながら、言い訳をするようにユニが言った。

「あの、愛ってわけでは……」

思わず抱きしめたくなるほど愛らしいしぐさだった。

緊張した面持ちでイナが言った。

「いま見に行こうか？」

「え？」

一瞬間をおいて、ユニがうなずいた。

明洞から鍾路《チョンノ》を経て仁寺洞《インサドン》の向こうにある映画館に向かう。しかし、映画館の看板を見たふたりは肩を落とした。『ある愛の詩』は終わり、代わりにかかっていたのは『ドクトル・ジバゴ』だった。

看板を見ながら、ユニが言った。

「終わってしまったみたいですね」

「地方に行けば、まだやっている映画館があるはず。やっている映画館が見つかったら、見に行く？」

ユニが恥ずかしそうにうなずいた。

ふたりで学校に戻る。

美術学科のアトリエに入ると、テーブルの上に弁当を置いて、ユニが言った。

「それでは、わたしはこれで」

「あ、一緒に食べよう」

アトリエの中を見回していたユニが、イーゼルの素描に目をとめた。まだ顔の輪郭だけだが、ユニの肖像画だ。イナはあわててイーゼルを裏返した。

「ごめんなさい」

「あ、これ、ヘジョンなんだ。描いてくれってしつこいから」

なんとか言いつくろったが、顔が紅潮してきていることが自分でもわかる。

「なんか邪魔をしてしまったみたいですね」

そう言って出て行こうとするユニを、イナは再び引き止めた。

「そんなことを言わないで、一緒に食べよう。あ、水を汲んでくる」

ユニをアトリエにおいて、イナは駆け出した。

水汲み場までは少し距離がある。やかんに水を汲んでいると、ふとアトリエのキャビネットにユニの肖像画があるのを思い出した。何かの拍子にユニがキャビネットを開けたら大変なことになる。そう思うと、急に不安になった。やかんの水はそのままにして、イナはアトリエに駆け戻った。

ユニはキャビネットの前にしゃがみこんでいた。

手にはユニの肖像画。

開いたキャビネットから転がり出たらしい。

イナの姿を見て、ユニはさっと立ち上がると、そのまま駆け出した。イナはしばらく呆然としていたが、我に返るとユニのあとを追った。

ユニはまだ遠くまで行ってはいなかった。イナはユニの手をつかむと、校舎の裏側の、人影のないところに向かった。

ユニの手を離す。

「話しておきたいことがあるんだ。あの絵……」

イナはそこで言葉が詰まってしまった。

ユニがにっこり笑った。

「お話はあとでうかがいます」

立ち去ろうとするユニを、イナは引き止めた。

「誤解しないでほしいんだけど、あの絵には特別な意味はないんだ。ぼくには単なる風景に過ぎない。あの日描こうとした風景の中に、たまたまユニさんがいただけなんだ」

思い切って一息にそこまで話した。泣き出しそうな顔で、ユニがこちらを見ている。

ユニが口を開いた。

「話って、そういうことだったんですか」

イナは視線をそらした。

ユニはじっと返事を待っている。

イナはわざと冷たい調子で言った。

「そう。それから、もう手は大丈夫だから、弁当とか作ってこなくていいよ。他の人に誤解されたくないから。特に、ドンウクには誤解されたくないんだ。ぼくにとっては、誰よりも大切な親友だから」

硬い表情でユニは立ちつくしている。

長い沈黙を破って、ユニが言った。

「わかりました。誤解などしませんから、心配しないでください」

怒ったような表情でそう言うと、ユニはくるりと振り返って、歩き去っていった。

イナはいつまでもその後ろ姿を見つめていた。いまにも泣き出しそうなユニの表情が思い出される。しかし、泣き出したいのはイナの方だった。

ドンウクとヘジョンをあとに残して、美術学科のアトリエにひとり飛び込んだチャンモが大声をあげた。

「イナ!」

しかし返事はない。

イナの作業場に行ったチャンモは目を丸くした。キャビネットが開かれ、絵が散乱している。一番上にあるのはユニの肖像画だ。

ドンウクとヘジョンの話し声が聞こえてきた。チャンモはあわててふたりの肩をつかみ、部屋の外に押し出した。

ドンウクが大声で抗議した。

「おい、いったいどうしたっていうんだ？　あれは何の絵だ？」

「絵？　別に絵なんて」

今度はヘジョンだ。

「あら、床に散らばっていたわよ」

中に入って絵を確認しようとしているふたりを、チャンモは必死になって抑えた。

にやりと笑ったドンウクが言った。

「もしかして、あれじゃないか。おまえのヌード。噂は聞いたぞ」

「え、いや……」

それを聞いてヘジョンが手を叩いた。

「本当？　わたしその絵、見てないわ。興味津々、どんな絵なの？」

「そんなもん見なくてもいい」

ドンウクもヘジョンに加勢する。

「ぼくも見てみたいな」

「そんなに見たいのなら、本物を見せてやる」

服を脱ごうとすると、ヘジョンが顔をそらせた。

「やだ、やめてよ」

ドンウクがチャンモの手を押さえた。

「わかったから、やめろ。そんなもの見たくもない」

ほっと安堵の吐息を漏らしたチャンモが言った。

「さあ、早くここを出よう。ここにいるとヌード・モデルになった悪夢のようなあの瞬間が思い出されて、気分が悪くなる」

外に出たチャンモは、大きく背伸びをした。

「さて、どこに行くか。金を出すドンウクが決めるべきだな」

あきれた、という顔でドンウクがこたえた。

「どうしてぼくが金を出さなきゃならないんだよ」

「なら、おれに金を出せっていうのか。それともヘジョンに」

ヘジョンがドンウクに加勢した。

「チャンモ先輩もたまには自分で払ったらどう？」

「おい、そう気軽に言ってくれるけど、おれのどこに金があるっていうんだ。逆さにしたって鼻血も出ねえぞ」

「ケチンボ」

少し離れたところにいたドンウクが、逃げるように階段を駆け下りていった。

「ちょっと用があるから、先に行くぞ」

「あ、ちょっと待て、ドンウク！」

振り向きもせず、ドンウクが駆け去った。

舌打ちしながらチャンモが言った。

「あいつ、金を出したくないもんだから。なあ、ヘジョン、すまないけど、おごってくれよ」

結局ヘジョンとふたりで、大学の近くにある学生相手の安い飲み屋に向かった。イナのアトリエで見たユニの肖像画が思い出される。イナとドンウクはどうなるのだろうか。考えると憂鬱《ゆううつ》になる。そして目の前にいるヘジョンだ。まったく人の気持ちに気づこうとはしない。

いつの間にかかなり飲んでしまった。あきれ顔のヘジョンが訊いた。

「何かあったの？」

「うん……。説明してやろうか。つまりだな、ｘとｙがあって、ｘの係数はａ、ｙの係数はｂ、とこうなっている。ａｘ＋ｂｙ＝０だ。ところがｘもｙもａとくっつきたがっているんだ。そうなると、ａｘ＋ａｙとなるだろう。何かおかしいと思わないか。だから、おれ、数学が大嫌いなんだ」

「いったい何が言いたいのよ。もう……。そんな話をするんだったら、わたし、帰るから」

立ち上がろうとするヘジョンの手を、チャンモがつかんだ。

「待てよ。おまえが行ってしまったら、誰が金を払うんだ？」

「インスクを呼べばいいでしょ」

「え？」

「チャンモ先輩、ちょっとひどすぎるわよ。インスクがあんなに好きだって言っているのに、かわいそうだとは思わないの？」

「かわいそうというより、うらやましい」

「どういうこと？」

「他の人がどう思っているのか気にすることもなく、好きなら好きと堂々と言ってのけるその勇気と図太い神経がうらやましいんだ。この世には、いろいろな事情があって、口に出すことができないでいる人がくさるほどいるっていうのに」

「いろいろな事情って、どんな事情よ」

「そりゃいろいろあるよ。好きになった相手を、他の人が愛していた、とか。その相手が別の人を好いている、とか、あるいは好きになったのはまったくつりあいの取れない相手だったとか」

「そんなの卑怯よ」

「え？」

「そうでしょ。そんなの全部、言い訳に過ぎないわ。自分が傷つきたくないから考え出した言い訳。好きなら好きって言えばいいじゃない」

「そういうものか」

「もちろん。わたしならそうする」

「本当に？」

「当然でしょ。ところで、好きなのに好きだって言えないっていうのは、誰のこと？」

かなり酔っていることを自覚しながらも、チャンモは真顔になって言った。

「好きだ」

「え？」

「だから、好きなんだ」

何を言っているのか理解できず、ヘジョンが目を丸くしている。

「誰が、誰を？」

「おれが、おまえを」

ヘジョンが絶句した。チャンモが言葉を継いだ。

「初めて会ったときから、おまえが好きだった。でも、おれは貧乏な田舎の長男坊だ。下には弟や妹が五人もいる。それに、おまえは他の人が好きみたいだった。だから、好きだって言えなかったんだ」

がたん、と音を立ててチャンモが立ち上がった。

「まったく、やっぱり言わないほうがよかったじゃないか」

そう言うと、唖然としているヘジョンを残して、チャンモは逃げるように外に出た。


ユニは無性に腹が立っていた。

いったいあれは何だったのだろうか。

イナのキャビネットの中から自分の肖像画が出てきたときの衝撃がよみがえる。あのとき、ユニはイナの愛を感じた。そして自分がイナを愛しはじめていることをはっきりと自覚した。

それなのにあの言いぐさは何なのか。

風景……？

そんなはずはない。

あの絵は間違いなく、自分のことを思って描いたものだ。

しかしイナは否定した。

ドンウクとの友情のため……？

つまり自分への愛情は、その程度のものに過ぎなかったということだ。

バスの中で、ユニはじっと自分のことを見つめる視線を感じた。ドンウクだった。いまはドンウクとも会いたくなかった。

バスを降りると、ドンウクも降りた。ユニはドンウクの方を向き、冷たい声で言った。

「これからアルバイトに行くんです。ついてこないでください」

くるりと振り返り、うしろも見ずに歩きはじめる。しかしドンウクは帰ろうとはしない。

ドンウクが声をかけてきた。

「何かあったの？」

返事もせず、ユニはドンウクをにらみつけた。

「お、怒った顔もかわいいね」

ユニは立ち止まると、正面からドンウクの顔を見た。

「本当に、もうやめてください」

軽い調子でドンウクが訊いた。

「何をやめろって。君をつけまわすこと。それとも、君を好いていること？」

「いったいわたしのどこがいいっていうんですか。わたしのことを何も知らないくせに。もうやめてください」

ユニはくるりと振り返った。

その背に、ドンウクの訴えるような声が届いた。

「好きな理由、それは誰かに似ているからなんだ。ぼくが子供のころに死んだおふくろに。こんな理由じゃだめかな」

ユニはまたドンウクの方を向いたが、顔は伏せたままだった。

「わたしも、子供のころに両親を失いました」

雨が降ってきた。ぽつり、ぽつりと来たかと思うと、すぐに本格的に降りはじめた。ドンウクがユニの手をつかみ、近くの店先に逃げ込んだ。

ユニの肩の水滴を払い落としながら、ドンウクが言った。

「ぼくと付き合ってくれないか」

ユニはまっすぐにドンウクの顔を見つめた。

第二章　夜行列車に乗って

着替えの入ったかばんとギターを手に、イナは清凉里駅《チョンニャンニ》のプラットフォームに立った。大学歌謡祭に向けての合宿に行くためだ。汽車はもうプラットフォームに入っている。

やはりかばんとギターを持ったドンウクとチャンモがやってきた。

チャンモが両腕を広げた。

「とうとう合宿だな。おい、今度の大学歌謡祭、絶対に一等を取ろうな。そして歌謡界を制覇するんだ。がんばるぞ！」

そう言うなり、チャンモが汽車に乗り込もうとした。ドンウクがその背を押さえた。

「おい、まだ女性陣が来ていないじゃないか」

「だ、だから、先に入って席を確保しておこうと……」

ドンウクがにやりと笑った。

「インスクさんの隣に座りたくないからか」

それを聞いて、イナが言った。

「ぼくがインスクさんの隣に座るよ。チャンモ、おまえはヘジョンさんと一緒に座ればいい」

チャンモが慶尚道訛《キョンサンド》りでまくし立てはじめた。うしろからヘジョンとインスクが近づいてきているのだが、チャンモは気づかない。

「おい、おれがヘジョンと一緒に座りたいと言ったことがあったか。おれ、あいつが嫌いなんだ。近くに寄ると、香水のにおい、化粧品のにおいで、息が詰まりそうになる。それにいつもくだらないおしゃべりばかり。居眠りするときは口をぱっくりと開けて、いびきもひどい。ヘジョンよりもインスクの方が百倍ましだよ。百倍」

チャンモのすぐうしろに立ったヘジョンが言った。

「そうなの？」

振り向いたチャンモは、そこにヘジョンがいることに気づき、絶句した。

イナは不思議そうにヘジョンの顔を見た。いつものヘジョンなら大騒ぎになるはずなのだが、どういうわけかにこにこしたままだ。

うれしそうにチャンモの背を叩きながら、インスクが言った。

「そんな、あたしの方が百倍いいからって、そんな露骨に言ったら、ヘジョンが傷つくじゃないのよ」

ヘジョンが訊いた。

「ユニは？　まだ来ないの？」

チャンモがこたえる。

「来るだろ。まだ少し時間がある」

そのとき、真顔になったドンウクが言った。

「実は、来ないかもしれないんだ」

「え？」

「昨日、告白したんだ」

ヘジョンが目を丸くした。

「本当？」

「OKだったら今日来てくれ、って言って。つまり、NOだったら来ないってわけ」

チャンモ、ヘジョン、インスクが汽車に乗り、イナとドンウクのふたりは外で待った。しかしユニは姿をあらわさない。

さびしそうな表情で、ドンウクが言った。

「来ないみたいだな」

車掌が笛を鳴らした。ドンウクが汽車の入り口に足をのせた。

「行こう」

ドンウクに続いて、イナも汽車に乗った。

ゆっくりと汽車が動き出す。

ふと、外を見ると、ユニが走ってくるのが見えた。イナは扉から身を乗り出した。

「ユニさん、こっち、こっち。急いで」

イナが手を伸ばす。ユニがその手をつかんだ。手を引く。ユニが汽車に飛び乗った。イナはユニを抱きかかえるような格好になった。イナの心臓が激しく鼓動した。

ユニが来たことを知って、みなが入り口のところに出てきた。

ドンウクが言った。

「ありがとう」

しばらくドンウクの顔を見つめていたユニが、小さくうなずいた。

ヘジョンが言った。

「おめでとう」

インスクがユニの手を引いた。

「ユニ、おめでとう。さあ、こっちよ」

中に入っていくユニを、イナは複雑な気持ちで見つめていた。

宿に荷物をおくと、六人で外に出た。川辺に出て水切りをしたり、川原でかくれんぼをしたりした。

かくれんぼをしているとき、イナが干し物のうしろに隠れていると、偶然ユニがそこにやってきた。

ユニはイナと視線を合わせようともしない。しばらくして、イナが口を開いた。

「おめでとう」

ユニがイナをにらみつけた。何かに腹を立てているのは間違いない。

「いや、あの……」

言いよどむイナを正面から見据えながら、ユニが言った。

「ありがとう。みんなが望んでいたことなんですよね。はじめから、わたしとドンウク先輩が付き合うようになればいいって、みんなそう思っていたんですよね。イナ先輩も、何度もそう言っていましたよね」

棘《とげ》のある口調に、イナは何も言うことができないでいた。

しばらくイナをにらみつけていたユニが、さっと目をそらすと、そのまま行ってしまった。


ご飯を炊くのを手伝ってくれ、とドンウクに言われ、ユニは台所に向かった。ガスもあるが、どうせなら薪でご飯を炊こうということになった。

まずは新聞紙を燃やし、薪に燃え移るのを待つ。火に風を送りながら、ドンウクが訊いた。

「煙くない？」

ユニはにっこり笑って、首を振った。

「みんなに話しちゃったけど、怒ってる？」

「え、別に……。少し驚いたけど」

「ごめん、来ないと思っていたんだ。正直なところ、まだ信じられない。来てくれて、本当にありがとう。やさしくするよ」

ユニはあいまいにうなずいた。

自分でも、どうしてここに来たのか、理解できないでいた。ドンウクのことは、好きとも嫌いとも思っていなかった。ユニが心においているのは、イナだった。

しかしここに顔を出すということは、ドンウクの申し出を受け入れるという意味だった。それがわかっていながら、どうして来たのか。

ユニは小さく首を振った。

いまはそのことについて、それ以上考えたくはなかった。

野草を摘んでこい、と言われ、チャンモはざるを持って外に出た。

「チャンモ先輩」

うしろから声をかけられた。ヘジョンの声だった。チャンモは一瞬足を止めたが、そのまままた歩きはじめた。

ヘジョンが追いかけてきた。

「チャンモ先輩、お話しておきたいことがあるんですけど」

チャンモはくるりと振り返って、ヘジョンを見た。

「わかっているよ。おまえ、イナが好きなんだろ。もうずっと前から」

一瞬間をおいてから、ヘジョンがうなずいた。

「そうよ」

「わかっているから、心配するな」

「ごめんなさい」

「あやまるんだったら、おまえが摘め」

チャンモがざるを投げつけた。ヘジョンがざるを受け取り、にっこりとほほえむ。

「告白してくれて、ありがとう」

「ありがたいと思うんなら、二倍摘め」

ヘジョンがもう一度にっこりと笑った。

あらためて、きれいだ、と思いながら、チャンモはくるりと振り返ると、歩きはじめた。


食事が終わると、ギターを持って川辺に出た。三人で丸木に腰を下ろし、ユニ、ヘジョン、インスクの三人が川原に腰を下ろす。まずは、大学歌謡祭のときに歌う曲を決めなければならなかった。一曲は前々から用意していたものがあったのでそれに決まりだが、もう一曲がなかなか決まらなかった。

ああだ、こうだ、と言っているとき、ヘジョンが口を挟んだ。

「イナ先輩が最近作曲していたのがあったでしょ」

チャンモがイナに訊いた。

「お、あれ、完成したのか」

イナが首を振った。

「まだ途中なんだ」

インスクが言った。

「なら、できたところまででいいから、聞かせてよ。チャンモ先輩とドンウク先輩、こっちに来て」

イナと並んで座っていたチャンモとドンウクが、女三人の隣に座る。イナを五人が囲むような格好になった。

みなを見回しながら、イナが口を開いた。

「ちょっとみんなに話しておきたいことがあるんだ。みんなが集まったときに話したかったので、ちょうどよかった」

ヘジョンが質問した。

「いったい何なの？」

続いてチャンモ。

「おい。歌謡祭に出ないと言い出すんじゃないだろうな。そんなことを言ったらただじゃおかないぞ。一等を取らなきゃなんないんだ。賞金を当てにしているんだからな」

イナはにっこり笑った。

「大丈夫、歌謡祭には出るよ」

「なら、話って何だ？」

今度はドンウクが聞いた。

「政治的な曲を書いたのか。禁止曲になりそうなやつ」

そう言いながら、ドンウクがチャンモをにらみつけた。チャンモが大仰な動作で手を振った。

「おれ、あいつにそんな曲を頼んだことは一度もないぞ。それに、今度捕まればおれはおしまいなんだ。そんな危険なこと、するわけないだろ」

イナが手を上げてみなを抑えた。

「いや、そんなことじゃないから……。とにかく、まず歌をうたうよ。話はそのあとということにしよう。歌のタイトルは『愛の雨』。歌詞はまだできていないから、ハミングで歌うことにする」

チャンモが声をあげた。

「前見たら、歌詞も半分ぐらいできていたじゃないか」

イナがうなずいた。

「じゃあ、一番だけ歌詞をつけて歌う」

雨の降る夕方、君の姿を見かけた
ずっと前から、君が好きだった
君は傘を持っていなかった
ぼくは君に言った
ぼくの傘の中にお入りよ、と

ラララ……

愛の雨が降りそそぐ

ラララ……


歌い終えると、チャンモが歓声をあげた。

「いいじゃないか！」

インスクが祈るように両手を合わせて言った。

「ほら、あそこのところ……『ぼくの傘の中にお入りよ』わあ、とってもロマンチック」

ドンウクも満足そうな顔で言った。

「さすがソ・イナだな。ところでおまえ、いったい誰のことを思って作曲したんだ？」

チャンモも口を挟んだ。

「歌の中に出てくる『君』って、誰のことだ？」

腕組みをしながら、ドンウクが言った。

「例の、『三秒』か。話って、歌の中に出てくる彼女のことか」

「いまから話すから」

ヘジョンが口を開いた。

「もう、いったい何なの。もったいぶらないで、早く話してよ」

ひとつ咳払いしてから、イナが口を開いた。

「軍隊に行こうかと思っているんだ」

みなが目を丸くして、え、とか、軍隊、とか口にしている。

イナが続けた。

「大学歌謡祭が終わったら休学して……。どうせ行かなければならないんだからと思って、志願したんだ」

和気あいあいとした雰囲気は一変した。みな、突然軍隊に行くと言い出したイナに、裏切られたように感じていた。

イナはひとり、その場を離れた。


イナが軍隊へ行くと言い出してから、合宿はめちゃくちゃになった。その雰囲気に耐えられず、ユニは宿を出た。庭を歩いていると、台所のほうからヘジョンの声が聞こえてきた。耳をふさいでも聞こえてくるような大声だった。

「いったいどうして、突然軍隊へ行くなんて言い出すのよ」

ヘジョンをなだめているのはチャンモだった。

「イナにはイナの事情があるんだろうに。ゆっくり話を聞いてみようじゃないか」

「いやよ。あんまりじゃないの。こんな決定をしたってことは、いまのわたしたちは、イナ先輩にとって何の意味もないってことじゃない」

ユニは外に出た。そのまま川のほうに歩いていく。丸木橋の上を歩く。川の中央で、ユニは立ち止まった。夕陽が川面に映え、きらきらと輝いている。

ふと顔を上げると、イナが立っていた。

口ごもりながら、ユニが訊いた。

「本当に……行くんですか」

イナがうなずく。

「もしかして……わたしのせいですか。わたしとドンウク先輩のために……」

夕陽を見つめながら、イナがゆっくりと口を開いた。

「そうじゃない。ユニさんのせいでも、ドンウクのせいでもない。ぼく自身の問題なんだ。心の整理がつかなくて……。正直に言う。みんな嘘だったんだ。あの絵、ユニさんが偶然ぼくの風景の中にあらわれたんじゃなくって、あの日、ユニさんがぼくの風景だったんだ。初めて会った日から、ぼくの風景は、ずっとユニさんだけだった。その風景はあまりにも美しく、そのため、ぼくはずっとときめいていたんだ」

ユニは、目に涙がたまっていくのを感じていた。

イナが言葉を継いだ。

「これからも、ユニさん以外の誰かの絵を描くことはない」

イナが正面を向いて、ユニの目を見つめた。

「ありがとう。そして、ごめん。ぼくは卑怯だった」

泣き声になりながら、ユニが訴えた。

「いまになって……。もう少し早く、話してくれれば……」

涙があふれ出てきた。ユニを見つめるイナの姿もぼやけて見えなくなってしまった。

「ごめん。話すのが遅すぎた。本当にごめん」

くるりと振り返り、宿に帰ろうとしたユニの背に、イナが声をかけた。

「もう少し……、もう少し一緒にいてくれないか……」

ユニはイナの顔を見た。イナは夕陽を見ていた。ユニも夕陽の方に目を向けた。

そばにいるイナを全身で感じながら、夕陽が山の陰に隠れるまで、ユニはその場に立ち尽くしていた。


合宿から戻った次の日、イナはギターを手に、閉店直前のセラヴィに入った。DJブースの中にいたドンウクは、イナの顔を見ても何の反応も見せない。イナはチャンモの前に座った。

DJブースの中から、ドンウクが言った。

「もうお別れの時間が来てしまいました。今日最後の曲は、軍隊に行く人々のための歌、崔百浩《チェペクホ》の『入営前夜』です」

ちらりとDJブースの方を見ながら、チャンモが言った。

「おい、ドンウクのやつ、まだおまえに腹を立てているようだぞ」

ドンウクが出てきたが、イナの方を見ようともしない。

最後の客が出て行ってから、大学歌謡祭のための練習をしたのだが、こんなありさまなので、調子がいいとはとてもいえない出来となった。

練習が一段落したところで、イナが、明日田舎に帰る、と言った。

棘のある声で、ドンウクが問い返した。

「明日だと?」

「うん。おやじとおふくろに、軍隊に行くって話をしたら、とにかく家に戻ってこい、と言われたんだ。明日、スケッチのため春川《チュンチョン》に行くので、そのまま田舎に直行しようと思っている」

チャンモが訊いた。

「大学歌謡祭はどうするんだ?」

「あとは本番前にちょっと音を合わせるだけで充分だろ。だから……」

イナの話の腰を折るように、ドンウクが大声をあげた。

「おい、いったい何を考えているんだ」

イナが返事をしないでいると、ドンウクはさらに大声をあげた。

「何とか言ったらどうなんだ」

そう言うなり、ドンウクはセラヴィから飛び出していった。

図書館の四階、詩集コーナーの隅の席で、いつものようにユニは勉強をしていた。ふと、合宿でイナが歌っていた歌のメロディが耳の奥によみがえる。図書館の前で、こわれた黄色の傘を差し出したイナの姿が思い出される。ユニの口元に笑みが浮かんだ。

壁の時計を見る。もう九時を回っている。ユニはあわてて荷物を整理し、外に出た。

ドンウクが図書館の前で待っていた。

「ずいぶん遅くまでがんばるんだな？」

「ずっと待っていたんですか？」

「もう待ちくたびれて、根っこが生えてきそうになったぞ」

「どうして？」

「どうしてって、ぼくたち、付き合うって約束したじゃないか。男が恋人を待つのは当然だろ」

「練習しているとばかり思っていました」

「イナのせいで。イナのやつ、明日……」

合宿以来、イナとドンウクがうまくいっていないことは知っている。直接の原因は、イナが突然軍隊に行くと言い出したからだが、その根本をたどれば、ユニが原因だ。

ユニは話題を変えた。

「ご飯は食べましたか？」

姿勢を正したドンウクが、正面からユニを見つめている。ユニにとっては長すぎると思われる間を取ってから、ドンウクが言った。

「デートしよう」

「え？」

「一度もデートしたことないじゃないか。明日、どう？」

ユニが返事ができないでいると、ドンウクがさらに付け加えた。

「実は明日、憂鬱《ゆううつ》なことがあるんだ。君が明日を、幸せな日に変えてくれよ。な」

憂鬱なこと、というのが何であるのかよくわからないが、ユニにその原因の一端があるのは間違いなさそうだった。ドンウクには、ずっとすまないと思っていた。

ユニはにっこりほほえみながら、小さくうなずいた。

ドンウクが歓声をあげる。

ユニは複雑な気持ちで、ドンウクを見つめていた。


春川に行く前に、イナは大学に立ち寄り、アトリエのキャビネットを整理した。整理するというほどの荷物があるわけではないが、それでもいざ整理しようとなると、捨てるに捨てられない雑多な品物が目に付く。簡単に片づくかと思ったが、ちゃんと整理しようとすれば少し時間がかかりそうだった。入営前にもう一度来て、片づける必要がある。

ユニの肖像画を見る。

このまま軍隊へ行けば、もう二度と会うことはないかもしれない。

手巻きの時計が好きだが、母の遺品である手巻き時計を失くしてしまった、と言っていたことを思い出し、今朝時計を買い、きれいに包装して、家政学科の助教授に預けてきた。

かばんを開く。いつも持ち歩いていたユニの日記が見える。持っていこうか、とも思ったが、しばらく迷った末、イナはその日記をキャビネットの中にしまった。

キャビネットの扉を閉める。

そのまま大学を出たイナは、直通バスで春川に向かった。

大学に行ったユニは、まずレポートを提出するため、担当の助教授の研究室に向かった。レポートを受け取った助教授は、さきほど預かったばかりだ、と言って、きれいに包装された小さな箱を手渡してくれた。

外に出て、丁寧に包装をはがし、箱を開く。

中にあったのは、女物の時計だった。クラシックなデザインで、ベルトは黒い革だった。母が愛用していた時計によく似ている。

カードが入っていた。

ユニさん
どこにいても、ぼくは毎日君の幸せを祈っています。
ソ・イナ

ユニはぎくりとして、じっとカードを見つめていた。これではまるで、別れの言葉ではないか。もう二度と会えない、ということなのだろうか。

時計を元のとおり箱の中に戻すと、ユニは教室に向かった。

教室の前にヘジョンとインスクがいた。インスクの声が聞こえてくる。

「イナ先輩、どうしたっていうのかしら。何か事件があったというわけでもないみたいなのに。失恋でもしたというのならわかるけど……」

イナの話だ。どういうことなのだろうか。ユニはあらためて声をかけた。

「何かあったの？」

「あ、ユニ。あのね、イナ先輩、田舎に帰っちゃうんだって」

「え？」

「今日、スケッチ旅行に行って、そのまま故郷に向かうそうよ。入隊するまで、学校にも出てこないとか」

難しい顔をしたヘジョンが口を開いた。

「間違いないわ。何かあったのよ」

インスクが言った。

「そうしたら、大学歌謡祭はどうなってしまうの？　大学歌謡祭がうまくいかなければ困るのよ。チャンモさんが入賞して、賞金も貰って、デビューしなきゃなんないのに。デビューしたら、うちの親たちも交際を許してくれることになっているわ。交際して、それから結婚。あ、結婚はまだ早いわね。まずは婚約から……」

いらいらした調子でヘジョンが怒鳴りつけた。

「インスク、そんなこと言っている場合じゃないでしょ」

大騒ぎするふたりをおいて、ユニは教室に入った。

あらためて時計を見る。

母が愛していた手巻きの時計を失くしてしまった、と言ったので、これを選んだに違いない。

そして、カード。

このまま二度と会えない、などとても耐えられない。

ユニは大急ぎで荷物をまとめると、そのまま教室の外に飛び出していった。

美術学科の事務室に向かう。掲示板に、スケッチ旅行の予定が書かれてあった。目でソ・イナを探す。あった。春川の清平寺《チョンピョンサ》だ。

春川といえば、江原道《カンウォンド》ではないか。

遠い。

でも、このまま一生会えないなど、耐えられない。

ユニは大学を出ると、長距離バスターミナルに向かった。

バスの中で、ユニはイナがプレゼントしてくれた時計を腕にはめた。時間を合わせ、ねじを巻く。

なにか不思議な気分だった。

春川に着いたのは夕刻だった。ユニは急いで清平寺に向かった。紅葉が色づいた美しい風景の中、あちこちで画学生がスケッチをしていた。しかしイナの姿は見えない。清平寺の境内だけでなく、その周囲を回ってみたけれど、イナはいなかった。

落ち葉の中、折りたたみの椅子に座って優雅に絵を描いている画学生に声をかけた。

「あの、ソ・イナ先輩がどこにいるか、ご存知ないですか」

筆を止めて、画学生が顔を上げた。

「イナ……。うん、さっき帰ったよ」

「え、いつごろ?」

「もう二時間になるんじゃないかな」

せっかくここまで来たのに、会えなかった。ユニは肩を落として、長距離バスターミナルに戻った。

バスターミナルの前に、映画館があった。その看板を見たユニは、思わず笑みを浮かべた。

『ある愛の詩《うた》』だった。

近寄って時間表を見る。もうすぐ四回目の上映が終わる。見たい、とは思ったが、このような場末の映画館に若い女性がひとりで入るのは少し勇気がいる。迷っていると、ぽつり、と雨が降ってきた。

雨はすぐに本降りとなった。ユニはしかたなく、映画館の入り口の屋根の下で雨宿りをした。

退屈な講義がやっと終わった。ヘジョンは大きく伸びをした。

講義がはじまる前、隣の席にいたユニがあわてて飛び出していったのが気になる。いったい何があったのだろうか。

飛び出す前は、ずっと時計の入った箱を見つめていた。箱はきれいな包装紙に包まれており、誰かのプレゼントのようだった。

ふと、ユニが座っていたあたりに目をやったヘジョンは、かわいらしいカードが落ちているのに気がついた。

拾い上げる。

開いてみたヘジョンは、目を丸くした。

ユニさん
どこにいても、ぼくは毎日君の幸せを祈っています。
ソ・イナ

何なのだ、これは。

ということは、あの時計は、イナのプレゼント！

どうしてイナがユニに時計を！

数日前、イナのキャビネットの前に散乱していた絵のことを思い出した。あのときはチャンモが大騒ぎしたのでそのままにしておいたが、あの絵はチャンモのヌードなどではなかった。ちらりと見ただけだが、誰かの肖像画のように見えた。

もしや……。

じっとカードを見つめているヘジョンのうしろからインスクが声をかけてきた。

「何、どうしたの」

カードを見たインスクが奇声をあげる。

「どうしてイナ先輩がこんなカードをユニに……？」

ヘジョンは教室を出た。インスクもついてくる。校舎を出たところで、チャンモとぶつかった。

「ヘジョン、どこへ行くんだ。イナのせいで落ち込んでいるんじゃないかと思って来てみたんだが……」

ヘジョンはチャンモをにらみつけた。

「うそつき！」

「え……？」

「全部知っていたんでしょ」

ヘジョンはチャンモを無視して、美術学科の校舎に向かった。アトリエに入ると、ヘジョンが何をしようとしているのか察知したチャンモが、イナのキャビネットの前に立ちふさがった。

ヘジョンが大声をあげた。

「どいて」

「こんなもの、見てもしょうがないじゃないか。やめておけよ」

「見なきゃいけないのよ。どいて」

キャビネットの扉を開く。

中にあったのは、ユニの肖像画だった。

それも一枚や二枚ではない。

悔しかった。

涙が出そうになるのを必死にこらえた。

ふと、絵の上に、男のものとは思えないかわいらしい布の表紙のノートが目に付いた。手に取る。なんと、ユニの日記ではないか。

ヘジョンはユニの日記をかばんの中にしまった。

三人でセラヴィへ行く。しかし三人とも、ずっと黙りこくったままだ。

カスミソウの花束を持ったドンウクがやってきた。

「お、みんな集まっているな。ユニは？」

ドンウクの方を見ようともしないで、ヘジョンがこたえた。

「わたしたちもユニを待っているのよ」

「どういうことだ。ぼくの初デートを邪魔するつもりか」

冗談めかしてドンウクが言ったが、誰も反応を示さない。三人の顔を見回しながら、ドンウクが言った。

「いったいどうしたんだ？　けんかでもしたのか？」

故郷に戻るつもりで早めにスケッチを終えたイナは、長距離バスターミナル前の映画館の看板を見て、はっとした。『ある愛の詩』だった。どこか地方でやっていたら一緒に見にいこう、とユニと約束したことが思い出される。一緒に見ることはできなかったが、ぜひ見てみたかった。時間はなんとか間に合う。イナはチケットを買って、中に入った。

映画が終わり、外に出ると、あたりは真っ暗だった。かなり激しい雨が降っている。

まわりを見回したイナは、目を大きく見開いた。

そこに、ユニが立っていたのだ。

ごくりと唾を飲み込んでから、イナが言った。

「どうして、ここまで……」

イナの顔を正面から見つめながら、ユニがこたえた。

「会いたかったから……。今日会わなければ、二度と会えないような気がして……」

心を落ち着けたイナは、ユニを映画に誘った。ユニはふるいつきたくなりそうな愛らしい笑みを浮かべてうなずいた。

映画館の中に入る。一度見た映画でもあり、イナはずっとユニの方ばかり見ていた。ユニは食い入るように画面を見つめていた。最後の場面では、大粒の涙をぽろぽろとこぼしていた。

イナは手を伸ばした。しかし、ユニの手を握ることはできなかった。

映画が終わり、外に出ると雨はやんでいた。しかしソウル行きの最終バスはすでに出たあとだった。

イナとユニは春川駅まで駆けた。ユニが遅れそうになるので、イナは思わずユニの手をつかんで、駆けた。

駅に飛び込むなり、イナが駅員に訊いた。

「ソウル行きの汽車はもう出ましたか？」

「ええ、だいぶ前に最終が出ました」

イナはユニの顔を見た。

「汽車、出たって……」

ユニも困惑しきった表情だ。

ユニが、イナの手の中から自分の手を引き抜こうとした。イナはあらためて力を込めてユニの手を握った。固く手を握ったまま、待合室に向かう。すでに奥の椅子の上には、ここで夜を明かすつもりの中年の男が、新聞紙を布団代わりにかけて横になっていた。

あてもないまま、硬い木の椅子に腰をおろす。

イナが「どうしようか」と言ったのと、ユニが「どうしましょう」と言ったのはほとんど同時だった。

見知らぬおばさんが声をかけてきた。

「泊まっていきなよ」

近くの旅館の客引きのようだ。

「どうするもこうするもないでしょ。もうすぐ通行禁止の時間だし。宿はすぐそこだよ」

あわててイナが断った。

「いえ、結構です」

ふたりが手を握っているのを見ながら、おばさんがさらにしつこく言い寄ってきた。

「安くしとくからさ」

イナは立ち上がった。

「ぼくたち、そういう関係じゃないんです。すみません」

ユニに、始発の時間を見てくる、と言ってその場を立ち去った。ユニを説得しようとするおばさんの声が聞こえてくる。

「お嬢さんから頼んでみなよ、ね。ここは寒くてたまらないって。あったかい部屋で仲良く話でもしていれば、すぐに夜明けになるよ。だからさ。彼氏の方も、ああ言いながらも、一緒に泊まりたがっているんだよ」

ユニの困惑した顔をあとに、イナは駅員のところに駆けた。始発まではまだ何時間もあるが、ちょうど東海《トンヘ》に向かう臨時の夜行列車があると言う。イナはすぐに切符を二枚買った。

ユニのところに戻る。宿のおばさんがしつこくユニに付きまとっている。イナはおばさんに言った。

「ぼくたち、夜行列車に乗ることにしました」

それを聞いてやっとおばさんも退散した。

あらためてユニがイナに訊いた。

「夜行列車？」

「うん、東海に向かう臨時の夜行列車があるんだって。海を見に行かない？」

一瞬間をおいてから、ユニがうなずいた。

改札をくぐり、夜中のプラットフォームに出る。風が冷たい。イナはユニの手を握りしめた。幸せだった。

ユニとふたりでいることが、これほどの幸せを感じさせてくれるとは。いろいろな人に傷を負わせる結果になることはわかっていた。しかしもう、止まることはできなかった。

汽笛を鳴らして汽車が入ってきた。ふたりで乗り込む。夜中の汽車なので、ほとんど客はいなかった。

汽車が走りはじめる。

イナのはすむかいに、母親に抱かれた二、三歳の男の子がいた。イナが手を振ると、男の子がにっこりと笑った。見ていると、男の子が、きゃっきゃっと言いながら喜んでいる。隣に座ったユニが男の子をあやしていたのだ。

男の子をあやすユニの姿を、イナはうっとりと見つめた。

汽車が山間部に入る。外は真っ暗だ。

イナは指で窓に文字を書きつけた。ユニがいぶかしげな顔を向ける。文字がまったく見えないからだ。イナは口をとがらし、息を吹きかけるまねをして見せた。

ユニが窓に息を吹きかける。

すると、文字が浮かび上がってきた。

しあわせ？

それを見てユニはにっこりとほほえむともう一度窓に息を吹きかけ、最後に感嘆符「！」を書きつけた。

車内販売のワゴンが通り過ぎた。イナがユニに訊いた。

「おなかすいていない？」

反射的にユニが首を振った。

「大丈夫」

一瞬おいて、ユニが白い歯を見せて笑った。

「本当は、少し……」

笑いながら、イナは販売員を呼び止めた。ゆで卵と、パン、牛乳を買う。

ゆで卵の殻を半分だけ剝いて、イナはユニの前に差し出した。ユニも同じように半分だけ殻を剝いたゆで卵を差し出している。ふたりとも相手のために殻を剝いていたのだ。

簡単な食事を済ませると、疲れが出てきたのか、ユニがうつらうつらしはじめた。イナはユニの上に上着をかぶせると、向かい側の席に移り、スケッチブックを取り出した。

すぐに、寝ているユニの優雅な姿がスケッチブックの上に浮かび上がってくる。

汽車が揺れ、ユニの頭が窓にぶつかりそうになった。イナはあわててユニの隣の席に移ると、うしろから手を回し、ユニの頭を押さえた。

ぎこちない姿勢のまま、ユニの寝顔を見つめる。

しばらくして手が疲れたイナは、自然にユニの肩を抱く格好になった。そのまま自然に寝入ってしまった。

「イナ先輩、着いたみたいですよ」

ユニのやさしい声で、イナは目を覚ました。

外はもう明るくなっていた。雨が降っている。駅の向こうはもう海岸だった。

駅で買った青いビニール傘をさして、肩を並べて砂浜を歩く。東海の荒い波がふたりを出迎えた。

海鳥が楽しげに砂浜を飛び回っている。

しばらくして雨はやんだが、風はおさまらない。ビニール傘がおちょこになり、そのまま飛んでいってしまった。イナは上着を脱ぎ、ユニに着せてやった。歩きながらイナはユニの手を握ろうとしたが、気恥ずかしくて握ることができなかった。すると、ユニのほうからイナの手を握ってきた。

イナは改めてその手を握りしめた。

ふたつの巨大な岩が海に突き出しているその間の砂浜に腰を下ろした。

幸せだった。この幸せは永遠に続くものだと思った。

ユニについて知りたいと思った。どのような人生を送ってきたのか。そしてこれからの人生は、ユニと一緒に過ごしたい、と切実に願った。

心からユニを愛していた。

ユニが鼻歌を歌っている。

合宿で歌った、あの歌だ。

「この歌、完成したんですか」

「いや、完成させたかったんだけれど、あまりにも悲しい結末になりそうだったものだから、書けなかったんだ」

「いま書けば、悲しい結末ではないですよね。ふたりで続きを考えましょう」

イナはにっこり笑ってこたえた。

「歌ってみてくれますか」

前を向いて、イナは歌いはじめた。

雨の降る夕方、君の姿を見かけた
ずっと前から、君が好きだった
君は傘を持っていなかった
ぼくは君に言った
ぼくの傘の中にお入りよ、と

ラララ……

ラララの先はまだ完成していないので、歌うことができない。するとユニが自然な調子で歌いはじめた。

ラララ……
雨の音
ラララ……
ときめくぼくの胸

ユニがこちらを向いて、にっこりとほほえんだ。ほほえみを返しながら、イナが歌いはじめた。

ラララ……
雨の音
ラララ……
傘の音　雨の音　ときめくぼくの胸
愛の雨が降る
ぼくは恋に落ちた

歌いながら、イナはそっと唇をユニの頬に近づけていった。

ユニは身を固くしている。

イナの唇がユニの頬に触れる。

柔らかな感触に、イナは自分自身がそこに溶け込んでいくかのように感じていた。


セラヴィにチャンモ、ヘジョン、インスク、そしてカスミソウの花束を持ったドンウクが集まり、通夜のような時間を過ごしたが、ユニはあらわれなかったし、イナからは何の連絡もなかった。セラヴィで何時間か過ごしながら、ドンウクに伝えたのは、講義の直前、何かあったらしく、ユニが教室を飛び出していった、とそれだけだった。

もうそろそろ帰らなければ通行禁止に引っかかると思うころに、四人はセラヴィを出た。ドンウクは、心配だからユニの下宿に寄っていく、と言っていた。インスクはまっすぐに家に帰った。ところがヘジョンは、何も言わずチャンモのあとをついてきた。

下宿に戻る途中、チャンモはヘジョンに頼まれて、公衆電話からイナの実家に電話をした。案の定、イナは実家に戻っていなかった。

沈鬱《ちんうつ》な声で、ヘジョンが言った。

「イナ先輩、来ていないって？」

「うん、まだらしい。スケッチ旅行が大成功だったんじゃないか。あいつ、一度スケッチ旅行に行くと、何日も姿を見せないことが一度や二度ではなかったからな。それとももうソウルに戻ってきているかも。下宿で寝ている可能性大。どうなっているか、明日報告するから。じゃあな」

そう言ってチャンモは歩きはじめたのだが、なんとヘジョンもあとをついてくる。いつまでもこのあたりをうろついていたら、通行禁止に引っかかり、どうにも身動きできなくなってしまう。

チャンモがヘジョンに言った。

「おい、家に帰らないで、どこに行くつもりなんだよ」

「わたしも一緒に行くわ」

「どこへ」

「下宿。行って直接確認するわ」

そう言うと、ヘジョンはすたすたと歩きはじめた。

「おい、ちょっと待てよ」

しかし何を言っても無駄だった。

下宿に到着する。母屋の電気も消えていた。チャンモがささやくように言った。

「おばさん、もう寝ているみたいだから、静かにな」

部屋に入り、電気をつける。

誰もいなかった。

慰めるように、チャンモがヘジョンに言った。

「スケッチに熱中して、最終に間に合わなかったんだよ」

しかしヘジョンはこわばった表情で言った。

「ふたり、一緒にいるのかもしれないわ」

「そ、そんなばかな。どうしてユニさんがスケッチ旅行についていくんだよ」

「わたしの第六感よ」

「第六感だかなんだか知らないが、ヘジョン、おまえどうするんだよ」

しかしヘジョンはチャンモの話など聞いてはいなかった。

「ふたり、一緒にいるんだわ」

結局、ヘジョンが室内で一夜を過ごし、チャンモは部屋から追い出されて軒先で毛布にくるまることになった。

明るくなると突然扉が開き、ヘジョンが飛び出してきた。そのまますたすたと外に出て行く。チャンモはあわててヘジョンのあとを追った。

「ヘジョン、ちょっと待てよ。一緒に行くから」

ヘジョンは大学へ行くと、まっすぐ美術学科のアトリエに行った。しかしイナの姿は見えない。イナの同僚の画学生が入ってきた。

「お、イナに会いに来たのか」

チャンモが訊いた。

「スケッチ旅行からの帰り？」

「おう。最終の汽車を逃してしまってな、春川の駅で夜明かしすることになっちまったんだ」

「それで、イナは？」

「ああ、イナか。友達が訪ねてきたんだよな」

ヘジョンが訊いた。

「女でしょ。髪の長い」

うなずきながら、画学生が言った。

「ふたりで東海に向かう夜行列車に乗るのを見たぞ」

ショックでまともに歩けないヘジョンを引きずるようにして、チャンモは外に出た。なんとかヘジョンをベンチに座らせると、インスクがやってきた。

「で、どうなったの？」

「どうもこうもないよ」

「さっきドンウク先輩とぶつかったのよ。何も言うなって言うからそのとおりにしたけど」

「絶対に口をすべらしちゃだめだぞ。ヘジョン、おまえも、ドンウクには何も言うなよ」

「イナ先輩やユニに直接訊くのもだめ？」

「だめだ」

「わかったわよ。チャンモ先輩がそう言うんなら、そうするわ」

そこにドンウクがやってきた。

「おう、おまえたち、こんなところで何をやっているんだ？」

チャンモがこたえた。

「おまえこそ、何の用だ」

「朝、イナから電話があったんだ。セラヴィで会おうってな。考えてみたら、イナにちょっと冷たくしすぎたかな、と思って。ぼくたちに相談することもなく、軍隊に行くことをひとりで決めたことに腹を立てていたんだけれど、今日腹を割って話をして、お互い理解しあえたらいいな、と思っている。ところで、ユニさんを見なかったか」

ヘジョンが首を振った。

「知らないわ」

ヘジョンが何か言い出すのではないかと心配していたチャンモはほっと胸をなでおろした。ところがほっとしたのもつかの間、ヘジョンがドンウクの神経を逆撫でするようなことを言い出した。

「ところで昨日が初デートだったんでしょ。初デートをすっぽかされて、平気なの？」

「ううん、最近、ユニさんとは心が通じているような気がしているんだ。とにかく、避けることのできない何かが起こったんだろう。おおごとでなければいいんだけどね」

ドンウクのそんな様子に、ヘジョンはさらにイライラをつのらせているようだった。チャンモが必死になってヘジョンをなだめようとしたが、あまり効果はなかった。

とにかく、イナに会うため、四人はセラヴィに向かった。

朝一番の汽車に乗ったので、午前中にソウル駅に戻ってくることができた。イナは大学に直行し、着替えをしたりしなければならないユニはいったん下宿に戻ることにした。

海辺の駅で、イナはドンウクに電話をかけて、セラヴィで会う約束をしていた。すべてを話すつもりだという。

駅を出たところで、ユニは少しふらついてしまった。ここ数ヶ月、体調がすぐれない日が続いたのだが、半ば徹夜をして海を見にいったりと無理をしたからに違いない。

心配そうな顔で、イナがユニの額に手を当てた。

「少し熱がある」

「大丈夫よ」

「さっきからちょっと元気がないようだったんで心配していたんだ。下宿に戻ったら、まっすぐ病院へ行きなよ」

まずはユニが乗るバスの停留所まで、イナが送ってくれた。大学へ行くバスの停留所は大通りの向こうにある。

見送るイナに、ユニが言った。

「わたしも一緒に行ったほうがよくないかしら。ドンウクさんとの約束を破ってしまったし」

イナが首を振った。

「まずドンウクとぼくとで話し合うよ。それがいいと思う」

「では、ひとつ約束してください。自分ひとりで全部背負わないこと」

にっこり笑ってうなずいてから、イナが言った。

「ぼくのほうも約束してほしいことがあるんだ。絶対に病院へ行ってよ」

ユニは笑いながらうなずいた。

「じゃあ、もういいから、行って」

「バスが来るまで待つよ」

「イナ先輩が行くのを見送りたいのよ」

「じゃあ……」

イナが歩いていく。しばらくしてから振り返ったイナが、手を振った。

「あとで会いに行くかもしれないよ」

ユニも笑いながら手を振った。

「時計、よく似合っているよ」

すぐにイナは見えなくなった。イナがすぐそばにいたときはあれほど幸せだったのに、離れてみると、急に不安になる。

バスが来た。ユニはバスに乗り込んだが、足元がふらついて転びそうになった。下宿の近くでバスを降りる。そのまま、ユニは倒れてしまった。

気がつくと、ベッドに寝かされていた。右手に針が刺さっており、リンゲル液が注入されていた。看護師がやってきた。起き上がろうとしたが、もうしばらく寝ている必要があると言う。詳しい説明を求めても、看護師は、あとで医者が来て説明する、と言うばかりだった。

医者が来たのは、日が暮れたころだった。検査の結果が出るのを待っていたという。

「結核性の肋膜炎です。かなり進行しています」

医者の説明は信じられないものだった。自分がどうしてこんな病気にかかってしまったのか。

命にかかわる病気だという。そして、治療は非常に難しい、と。

目の前が真っ暗になるように感じた。

イナと一緒に、幸せな時間を過ごしたばかりなのに、何ということなのか。

病院の外に出ると、あたりはもう暗くなっていた。ユニは肩を落として家路についた。

いつもの席に、ドンウク、チャンモ、ヘジョン、インスクの四人が座っていた。しかし話は弾まない。

しばらくしてイナが姿をあらわした。イナはドンウクの向かい側に腰を下ろした。

ドンウクが言った。

「田舎に帰るんじゃなかったのか」

それにはこたえず、イナが言った。

「話したいことがあるんだ」

にやりと笑って、ドンウクが口を開いた。

「やっぱり自分が悪いと気づいたみたいだな。ぼくたちに一言も相談しないで軍隊に行くと決めたこと、どう考えたってひどすぎるよな。ぼくがおまえに冷たくしたのも、そのせいだ。それを考えれば、納得がいくはずだぞ」

じっと話を聞いていたイナが顔を上げた。

イナが何を言い出そうとするのか察したチャンモが止めようとする。しかしイナはそれを無視してドンウクに言った。

「ぼく、ユニさんのことが好きなんだ。正直に言う。ずっと前から、愛していたんだ」

ドンウクとインスクが目を丸くする。チャンモが必死になって止めようとするのを無視して、イナが話を続けた。

「努力してみたけど、これ以上自分自身の心をごまかすことはできない。昔、三秒で恋に落ちた女性の話をしたよな。それはユニさんのことだったんだ」

我慢ならなくなって、チャンモは立ち上がると、イナを殴りつけた。

「おい、よくそんなことが言えるな。何とかおまえを守ろうと、必死になっているのに」

床に転がされたイナがドンウクに言った。

「ごめん。でも、これ以上おまえに譲歩するつもりはないんだ」

「こいつ！」

再び殴りつけようとするチャンモを、店の主人が飛び出してきて止めた。

「おい、チャンモ、お客様の前で何をするんだ、おい……」

主人とチャンモが言い合いをしている隙に、イナは立ち上がると、セラヴィを飛び出していった。

散らばったコップなどを片づけ、再び席に着く。

ヘジョンが言った。

「イナ先輩、あんまりだわ」

首を振りながら、インスクが言った。

「イナ先輩、ずっとユニのこと好きだったのね」

ヘジョンがドンウクの方を向いて言った。

「譲歩するつもりはない、だなんて、よくそんなことが言えたわ」

チャンモが抑えるような調子で言った。

「もういい加減にしろよ。イナも苦しんでいたんだ。だから軍隊に行くだなんて言い出したんじゃないか。ユニさんのことを忘れようと努力して、しかしどうしようもなくなってしまったんだよ。おれが最初にイナを殴ったけど、おれ、イナを悪く言うことはできない」

ヘジョンが怒鳴った。

「チャンモ先輩、そんな言い方はないでしょ」

今度はインスクがヘジョンに食ってかかった。

「わたしのチャンモ先輩に怒鳴りつけないでよ。チャンモ先輩が悪いわけではないでしょ。問題はユニよ。ユニがしっかりしていれば、何の問題もなかったはずよ。イナ先輩が好きなのに、ドンウク先輩とデートの約束をするなんてもってのほかよ。そうじゃない？」

つぶやくようにチャンモが言った。

「ユニさんの気持ちはまだわからないじゃないか」

ヘジョンが大声をあげた。

「そんなふうにごまかす必要はないわ。ユニの気持ちははっきりしている。昨日ドンウク先輩との約束を反故《ほご》にして、春川まで行ったのを見てもわかるでしょ」

それを聞いて、ドンウクが目を丸くしている。ドンウクの顔を見ながら、ヘジョンが続けた。

「そうよ、ユニは昨日、イナ先輩に会うため春川まで行ったのよ。そして夜行列車に乗って東海まで行ったという話よ。一晩中一緒にいたってわけよ」

ドンウクがふらふらと立ち上がった。そのまま、夢遊病者のような足取りで、セラヴィの外に出て行った。


セラヴィを出たイナは、午後の講義は欠席して、まっすぐに下宿に戻った。机に向かって本を開くが、まったく集中できない。

日が暮れてから、チャンモが戻ってきた。部屋に入ってきたチャンモは、一言も発しないまま、布団の中にもぐりこんだ。

イナが声をかけた。

「おい、チャンモ」

返事はない。もう一度声をかけた。

「チャンモ、失望しただろうな」

布団の中から、棘のある声が聞こえてきた。

「話しかけないでくれ。いまおまえと話をする気分じゃないんだ」

イナは再び本に集中しようとしたが、無理だった。チャンモも頭から布団をかぶっているが、寝ていないのは確かだった。

いたたまれなくなって、イナは外に出た。

ユニに会いたかった。

無性に会いたかった。

バスに乗り、ユニの下宿のある街に向かった。

病気のことを考え、下を向いて歩いていたユニは、ふと人の気配に顔を上げた。目の前にドンウクが立っていた。

訴えるような目で、ドンウクが言った。

「本当なのか」

ユニは頭を下げた。

「ごめんなさい」

「どうしてぼくに、そんな仕打ちができたんだ？」

「ごめんなさい、傷つけてしまって。イナ先輩は悪くないんです。イナ先輩はずっと、ドンウク先輩のことを心配していました。だからずっとわたしを避けていたんです。わたしは最初からイナ先輩が好きで……」

ドンウクが怒鳴り声をあげた。

「やめろ。ぼくの前で、イナの肩を持つな。イナを許せなくなりそうだから……」

それだけ言うと、ドンウクはユニの前から去っていった。

目に涙をためて、ユニは下宿に戻った。

机に向かう。

頭の中はイナのことでいっぱいだった。

無性に会いたかった。

病み衰え、やつれた姿をさらすつもりはなかった。もし生きながらえることができなくなった場合、イナを悲しませることになるから、イナの前から姿を消すつもりだった。しかし今日だけは、甘えたかった。

ユニは立ち上がると、外に出た。

角を曲がったところで、こちらに向かって駆けてくるイナとぶつかった。

ユニは満面の笑みでイナを迎えた。

駆け寄ってきたイナが訊いた。

「どこへ行くところなの?」

「別に。ちょっと散歩しようかと思って。わたしに会いに来てくれたんですか」

「いや、ぼくもちょっと散歩。散歩していたら、偶然会ってしまったみたい」

ユニはぷっと吹き出した。散歩をしに家を出た人が、バスに乗ってここまで来るはずもない。それを見ながら、イナが白状した。

「本当は、ユニさんに会いたくて……」

「わたしも」

肩を並べて歩く。

聖堂の前のベンチに腰を下ろした。

イナの唇に血がにじんでいる。それを見つめていると、恥ずかしそうにイナが言った。

「あ、これ……。心配するほどのことじゃないよ。チャンモのやつ、短気だから……」

じっと見つめていると、イナがさらに言葉を継いだ。

「心配要らないって。時がたてば、わかってくれるはずだよ。それより、病院へ行った？」

病気のことなど話すことはできない。ユニは小さく首を振った。

「そうだと思った」

「ごめんなさい」

「明日は絶対に病院に行くんだよ」

「ごめんなさい」

「もう、愛は、あやまったりしないもの、でしょ。どうせまわりのみんなにはあやまりつづけなければならないんだから、ぼくたちふたりの間だけでも、あやまるのはやめにしよう」

ユニはうなずいた。

「愛は、あやまったりはしないもの、だから」

イナが小指を突き出した。

「指切り！」

ユニが指をからめる。そのまま、イナがユニの手を握りしめた。

「幸せだ」

満面の笑みを浮かべるイナを見ながら、ユニは顔を伏せた。このままずっと一緒にいたい。しかしそれは許されぬことなのだ。

聖堂から音楽が聞こえてきた。

手をつないだまま、イナが立ち上がり、中をのぞく。高校生らしい数人の男女が音楽に合わせて踊っていた。

イナがおどけた動作で礼をする。それにこたえて、ユニはイナと一緒に踊りはじめた。

踊りながら、イナがささやいた。

「ユニさんが歌ってくれた歌詞をもとに、あの歌を完成させたよ」

「本当？」

「最後の一節はぼくが付け加えたけど。どうしても言っておきたいことがあったんだ」

「何？」

「あとで歌ってあげるよ」

この幸せな瞬間を、永遠に記憶しておこう、とユニは思っていた。

次の日、大学の教室に入ったユニは、雰囲気が普通でないことに気がついた。ヘジョンに挨拶をしようとすると、ヘジョンは何も言わず、教室を出て行った。インスクも同じだった。

聞こえよがしに噂話をする者もいた。ユニは耳をすました。

「本当みたいよ。ふたりの男をもてあそんだんだって」

「美術学科のソ・イナという学生と、春川で一夜をともにしたそうよ」

席に着こうとすると、いつも余計なことに口出ししては嫌われている女学生がユニを呼び止めた。

「キム・ユニ。あんた、身持ちが悪すぎるんじゃないの。同じ学科の学生として、最低限の品位は保ってほしいものだわね」

いたたまれなくなって、ユニは教室の外に出た。

校舎の前でぼんやりしていると、あまり親しくはしていない友人が駆けてきた。

「ユニ！　大変よ。イナ先輩とドンウク先輩がテニス場で決闘しているですって。行ったほうがいいんじゃない」

驚いて、ユニはテニス場に駆けつけた。

決闘といっても、一方的なものだった。テニスコートの中央に立つイナに向かって、ドンウクがただボールを打ち込んでいるだけだった。イナはラケットを持ってはいるが、打ち返そうともしない。

ユニはテニスコートの中に駆け込むと、イナの前に立ちふさがり、両手を広げてドンウクの方を向いた。

それを見てドンウクが、ラケットとボールを投げ捨てて駆け寄ってきた。

ドンウクがイナの首筋をつかむ。

「卑怯者！　いつまでいい子ぶっているつもりだ」

イナが言った。

「おまえと争うつもりはない。それに、ユニさんを賭けて勝負をするなんて考えられない」

「なにを！」

拳を上げようとするドンウクに向かって、ユニは叫んだ。

「やめてください」

ドンウクがユニを正面から見つめる。そして、肩を落として立ち去っていった。

うつむいて、ユニが言った。

「みんなわたしのせいです」

そんなことはない、とイナが言うのを抑えて、ヘジョンが近づいてきた。

「そうよ。ユニだけが悪いわけではないわ」

ヘジョンがかばんから黄色い布で覆われたノートを取り出し、ユニの前に差し出した。

「これは！」

「イナ先輩が持っていたのよ」

ユニがイナの顔を見た。思わずイナは目をそらした。

ヘジョンが言った。

「愛している？　抑えようがない？　笑っちゃうわね。イナ先輩がどうしてユニのことをそんなに詳しく知っているのか不思議に思っていたんだけど、手品の種はこんなものなのね」

ユニがイナをにらんだ。

「日記帳を読んだのですか？」

イナはこたえることもできない。

ヘジョンが続けた。

「ふたりは運命の赤い糸で結ばれている、とでも思っていたのかしら。みんな嘘で塗り固めてあったってわけ。ユニ、わたし、あんたに消えてもらいたいの。あんたがいなければ、イナ先輩とドンウク先輩がけんかすることもなかったわ。もうこれ以上何も壊さないで。お願いだから」

日記帳を手に、じっとイナを見つめていたユニは、さっと振り返ると、そのままテニス場をあとにした。

ヘジョンがイナに大声で訴えているのが聞こえてきた。

「もうやめて。先輩にとって、わたしたちはまったく意味がないって言うの。わたしも先輩が大好きなの。先輩の愛だけが悲しいわけじゃないのよ。わたしも同じように先輩を愛しているの。それなのにどうしてわたしだけが悪者になるの？」

ユニはまっすぐ前を向いて歩き続けた。

日記帳をイナが読んでいた、というのは衝撃だったが、混乱している原因はそればかりではなかった。

数日中に休学届けを出し、闘病に専念するつもりだった。運が悪ければ、そのままこの世を去ることになるかもしれなかった。こんなかたちでみなと別れるのがつらかった。しかし心の片隅では、それもいいことかもしれない、と思っていた。少なくともこのまま別れれば、最悪の瞬間が来ても、イナの受ける衝撃は小さくてすむはずだった。

サイレンが鳴った。国旗降納式のはじまりだ。愛国歌が流れる。ユニは国旗の方に顔を向けた。

そこに、イナが立っていた。

あとを追ってきたらしい。

ユニはイナの顔を見ないようにしながら、胸に手を当て、国旗に敬意を表した。

イナは国旗の方を向こうともせず、ユニを見つめている。

イナがすたすたと歩いてきて、ユニを抱きしめた。

ユニは目を閉じた。

このままイナの胸の中にいることができれば、どんなにいいか。しかしそれは許されないことだった。ユニはイナの胸を力いっぱいに押すと、校門の方へ歩きはじめた。イナはそれ以上追ってはこなかった。

下宿に戻ると、机に向かい、日記帳を開いた。ぱらぱらとめくっていく。一番最後のページに、自分の筆跡ではない文字が記されていた。


この事実を知れば、腹を立てるはずです。でもぼくは、あなたとの出会いをつくってくれたこの日記帳に感謝しています。いつかこの日記帳を返す日のことを思い、卑怯なことだとは思いながら、弁明を書いておきます。どうかこれだけは信じてください。ぼくの心は真心そのものでした。一点の曇りもありませんでした。

読みながら、涙がこぼれてきた。窓の外から雨の音が聞こえてきた。ユニの心の中と同じように、窓の外も激しい雨が降っていた。

その窓から、イナの声が聞こえてきた。

「ユニさん、聞いてください」

ユニは顔を上げた。イナはすぐ窓の下にいるはずだ。

「約束をしたから、あやまりはしない。悪いことだとは思っていたんだけど、あの日記帳を通して、ユニさんのことを知ることができ、ぼくは本当にうれしいと思っていたんだ。ぼくは心からユニさんを愛している。その心に偽りはない。信じてほしい」

窓から顔を出そうと思い、ユニは立ち上がった。その瞬間、激しい咳が襲ってきて、ユニはその場にしゃがみこんでしまった。ハンカチを出して、口を押さえる。咳の発作が収まってからハンカチを見ると、血に染まっていた。

ユニはそのまま床に座り込んでしまった。泣きながら、イナに顔を見せるわけにはいかない、と思った。

朝、学校に行くと、チャンモはまっすぐにセラヴィに向かった。ヘジョンとドンウクはすでに顔を出していたが、みな浮かない顔をしている。チャンモの顔を見ると、店の主人が出てきた。トラブルがあったことは、ヘジョンやドンウクから聞いているようだ。困った顔をして、主人が言った。

「大学歌謡祭の本番まであと一週間だというのに……。おまえたちのことをラジオのプロデューサーに売り込むのに、どれほど苦労したと思っているんだ」

軽く手を振りながら、チャンモが言った。

「心配要りませんよ。ちゃんとやりますから。練習もばっちり。な、ドンウク」

しかしドンウクは、主人に頭を下げた。

「すみません」

それからチャンモにも頭を下げる。

「ごめんな、チャンモ。ぼくは三人でやるつもりで練習してきたんだ。もうやる意味もなくなってしまった」

チャンモが立ち上がった。

「おい、いまさらなんてことを言い出すんだ。おれは歌をうたうためにおまえたちと付き合ってきたんだぞ。うたいたい歌をうたうために、これまで我慢してきたんだよ」

ギターを手に取ると、チャンモはＤＪブースに向かって大声をあげた。

「歌うぞ！」

音楽が止まる。

舞台の上に立った。

酒を飲み　歌をうたい　踊りを踊っても

胸の中は　悲しみばかり

客席のあちこちから、ぶつぶつ言う声が聞こえてきた。

「おい、あれ禁止曲じゃないか」

「おお、禁止曲に間違いない」

「こんなところで歌って、大丈夫か」

「いいから聞けって」

チャンモはギターを止めると、大声で訴えた。

「これのどこが禁止曲なんですか。酒を飲み、歌をうたい、踊りを踊っても、わが胸は晴れない、とこれのどこが退廃で、どこが風紀紊乱《びんらん》なのですか。おれはちょっと、友達関係で腹の立つことがあったので、この歌をうたわなきゃなんないんです。聞きたくない人は、出て行ってください。聞きたい人は残って、一緒に歌うなり、好きにしてください」

再びギターをかき鳴らし、歌いはじめる。

イナが入ってきた。しかしチャンモはイナを無視して歌いつづける。宋昌植《ソンチャンシク》の「鯨とり」だ。

酒を飲み　歌をうたい　踊りを踊っても
胸の中は　悲しみばかり
何をすべきなのか　まわりを見回しても

すべてが元の木阿弥《もくあみ》さ

さあ　行こう　東の海へ
ごとごと　鈍行の汽車に乗って

夕べ見た夢は
朝になるときれいさっぱり消えてしまうが
それでもひとつだけ覚えていることがある
それは小さなかわいらしい一頭の鯨

さあ　行こう　東の海へ
神話のように息づく　鯨を捕まえに

おれたちの愛がこわれ
一瞬のうちにすべてを失うとしても
おれたちの胸の中にははっきりといるんだ
一頭のかわいらしい鯨が

さあ　行こう　東の海へ
神話のように吼《ほ》える　鯨を捕まえに

歌い終わったとき、インスクが飛び込んできた。

「大変！　ユニが休学届けを出して、田舎に帰ってしまったんだって」

寝耳に水の話だった。

イナ、ドンウク、チャンモ、ヘジョン、インスクの五人でユニの下宿に行ってみた。すでに荷物を引き払ったあとで、部屋には何も残っていなかった。


講義が終わり、セラヴィに入ろうとしたところで、チャンモは呼び止められた。振り返ったチャンモは、身を硬くした。刑事だった。

「キム・チャンモ、久しぶりだな」

チャンモは愛想笑いを浮かべながら、頭を下げた。

「今日は髪の毛も短くしているし、服装もおとなしいでしょ。ミニもはいていないし……」

ミニ・スカートをはいている若い娘のようなしぐさをする。

苦笑しながら刑事が言った。

「おい、ふざけている場合じゃないぞ。イム・スヒョクはいまどこにいるんだ？」

「スヒョク先輩にはもうずっと会っていませんよ」

「ソ・イナは？」

「イナは何の関係もありませんよ。おれとは学部も違うし」

「イム・スヒョクがうたった歌、おまえとソ・イナが作ったと聞いたんだがな……」

「え……」

幸い刑事たちはそれ以上追及することなく帰っていったが、なにやら不気味だ。今度捕まったら、長期刑は免れえない。身を隠すほうがいいかもしれない。

その夜、布団に入ってから、眠れないままチャンモはイナに話しかけた。

「おい、寝たか？」

「いや」

「殴ってごめんな。おれのパンチ、効いただろう」

「こっちこそ、失望させて、ごめん。そして、ありがとう」

「おれも、ありがたいと思っている。大学歌謡祭、出られないかと思ったから。田舎のおれの家にも、ラジオぐらいはあるんだ。おれの歌を聞かせてやりたいんだ。ところでおまえ、どうするつもりなんだ？」

「明日、ユニさんの田舎に行ってくる」

「そんなに好きなのか」

「まあな。こんな気持ちになったのは初めてだ。もう、止めることなんかできない」

「うらやましい限りだ。青春だものな。恋をしなくちゃ。ドンウクも、許してくれるって。あいつ、昔からおまえには甘かったじゃないか。しかし恋もできないおれは、旅にでも出るかな」

「おい、どういうことだ？」

「大学歌謡祭が終われば、旅に出ようかと思っているんだ」

「どこに？」

「別に決めてはいない。足の向くまま、気の向くまま……。さてと、おれは寝るぞ」

目を閉じたが、その夜はなかなか寝つかれなかった。


朝一番で、イナはソウル駅に向かった。イナの姿を見て、待っていたドンウクが立ち上がった。

「おまえが来なければ、ぼくがユニさんを連れ戻しに行くつもりだった」

「ずっと待っていたのか」

「まあな。でも、おまえは来ると思っていたよ」

イナはドンウクに頭を下げた。

「ごめん」

「まだ許したわけじゃないからな」

イナがうなずく。

「ぼくもユニさんにあやまりたいことがあるんだ。だから絶対に連れてこいよ」

「うん。ありがとう」

汽車に乗る。学生課で調べた住所は、ソウルよりもずっと南の地だった。朝早く出発したのに、全羅南道《チョンラナムド》の南平《ナムピョン》駅に着いたのは昼過ぎだった。そこからさらにバスに一時間ほど揺られなければならない。

村の人に道を聞きながら、やっと見つけたユニの実家は、小さな農家だった。アンニョンハシムニカ、と言いながら、イナは門をくぐった。中庭で、老婆がひとり、唐辛子のへたを取っていた。顔を上げた老婆に、イナが言った。

「あの、ユニさんの大学の友人なのですが、ユニさんはいますか」

老婆は外を指差した。

「いま散歩に出たところなんだけど」

頭を下げると、イナは外に飛び出した。しかしユニがどこへ行ったのか、見当もつかない。当てもなく歩いていると、小学校が見えてきた。ユニの父親が小学校の先生をしていた、という話を思い出した。放課後、ユニの父親が弾くオルガンの音をよく覚えていると言っていた。耳をすますと、子供たちの遊ぶ声の中に、かすかにオルガンの音が聞こえるような気がした。その音をたよりに、小学校の中に入っていく。

教室の中で、オルガンを弾いているユニの姿が見えた。イナは教室に入った。

イナの姿を見たユニは、くるりとうしろを向くと、そのまま出て行こうとした。あわててイナが声をかけた。

「ちょっと待って」

ユニが立ち止まった。

「驚かすつもりはなかった。でも、何も言わずに消えてしまうなんて、ひどいじゃないか。残されたぼくはどうすれば……」

ユニは何も言わず、じっと立っている。

イナが言葉を継いだ。

「顔も見せてくれないの？」

ユニがくるりと振り返った。顔がこわばっている。イナが頭を下げた。

「赦してほしい」

こわばった顔のまま、ユニが言った。

「赦すとか赦さないとか、そういうことではないと思います。日記帳を失くした次の日、家政学科のところまで来てくれましたよね。あのとき日記帳を返そうと思っていたんでしょ。ただ、わたしがすぐに立ち去ってしまったために、返すに返せなくなったんですよね。だから、イナ先輩が悪いわけではありません。ただ、わたしの心が本物ではない、ということがわかっただけです。イナ先輩を好きになったわけではなかったんです。ただ、わたしの心を理解してくれる誰かに出会いたかっただけ。日記帳を読んで話をしているんだとは想像もできないまま、それが愛だと錯覚していたんです。それがわかったので、自分自身が恥ずかしくなってしまいました。噂のとおり、ドンウク先輩とイナ先輩と、ふたりをもてあそんだようなことになってしまって。だから逃げ出したんです。もうこれ以上誰かを傷つけたくはありません。だから、二度と訪ねてこないでください」

そのままユニは教室を出て行こうとした。

イナはユニの手をつかんだ。ユニが目にいっぱいの涙をためているのが見えた。

「嘘をつかないで」

ユニはじっと体を硬くしている。

「嘘なんでしょ」

ユニがイナの手を振りほどいた。

「放してください」

立ち去ろうとするユニに、イナは語りかけた。

「ぼくの話を最後まで聞いてほしい。まだ話したいことが残っているんだ。ユニさん、お願いだから、最後まで」

振り返りもせず、ユニが言った。

「いまは聞きたくありません」

教室を出ようとするユニに、イナは必死に訴えた。

「大学歌謡祭の日、絶対に来て。待っているから」

あとも見ずに、ユニは立ち去っていった。


歩きながら、ユニは大粒の涙を流し続けた。こらえようとしても、無駄だった。

幼いころに両親が死んだため、韓国にいる近い親戚は祖母だけだった。もしユニに何かがあれば、祖母は独りぼっちになってしまう。

祖母は、アメリカにいる叔父のところに行こう、と言っている。この病気を韓国で治すことが難しくても、アメリカに行けば希望があるはずだ、と言うのだ。病気を治し、元気な体でもう一度、イナと会いたかった。もしそういう日が来れば、笑いながら今日のことを話せるはずだった。

家に着いた。泣いているユニを見て、祖母が目を丸くした。

「いったい、どうしたんだい？」

ユニは泣きながら、祖母に訴えた。

「おばあちゃん、わたしの病気、治るよね。治って、戻ってこられるよね。元気になって、また韓国に戻ってこられるよね」

祖母がユニを抱きしめた。

「もちろんだとも。心配することはないよ」

ユニは祖母の胸で、いつまでも泣き続けていた。

大学歌謡祭の当日、イナとチャンモはロビーでドンウクを待っていた。すぐにギターを手にしたドンウクが姿をあらわした。

「お、遅くなってごめん」

ドンウクを迎えながら、チャンモが冗談めかして言った。

「おい、足が震えてしかたないんだ。出なきゃだめか」

ドンウクがチャンモの背中を叩いた。

「こいつ。出たいって騒いでいたのは、おまえじゃないか。ところで、ヘジョンさんとインスクさんは？」

イナがこたえた。

「すぐ来るだろ」

「ユニさんは？　来ると言っていたのか」

「話はしておいたけど……来るかどうかは……」

ドンウクの顔を見ながら、チャンモが言った。

「なに深刻な顔をしているんだよ」

ドンウクがイナに笑いかけた。

「しばし休戦とするか？」

それを聞いて、チャンモがドンウクとイナの肩をつかんだ。

「イ・ドンウクらしくもない。やるならぱっとやっちまえよ。休戦じゃなく、終戦だ。いいな」

花束を持ったインスクとヘジョンがやってきた。インスクがチャンモに声をかける。

「チャンモ先輩、ご飯はちゃんと食べた？　あたしの方が緊張しているわ。がんばってね。花束買ってきたから」

イナの前に立ったヘジョンが言った。

「応援しているから、がんばって」

イナはうなずいて見せた。

インスクが口を開いた。

「チャンモ先輩、客席に行くわね。がんばってよ」

行きかけたインスクが、忘れ物、と言ってチャンモに駆け寄ると、その頬に口づけをした。

「特別のお守りよ」

驚いたチャンモが大騒ぎしている。

客席に向かうヘジョンに、イナが声をかけた。

「ヘジョン、ごめん。そして、ありがとう」

振り返ったヘジョンが、しばらくイナを見つめていたが、ひとつうなずいて見せた。

女たちが客席に向かうのを見て、ドンウクが言った。

「さて、こちらも準備にかかるか」

イナが入り口の方を見ているのに気づき、ドンウクが訊いた。

「もう少し待つか？」

イナが首を振った。

「いや、もう準備しなくちゃな」

ギターを手に、三人は楽屋に向かった。

楽屋にいても、司会の声は聞こえる。いよいよ歌謡祭のはじまりだ。

「今年で三回目を迎える、創作大学歌謡祭がいよいよはじまります。各大学で音楽の才を認められた面々が、一堂に集まったのです」

滞りなくイベントが進行する。いよいよイナたちの出番となった。それぞれギターを抱え、舞台に立つ。

マイクを持った司会が近づいてきた。

「セラヴィが歌うのは『愛の雨』です。すてきなタイトルですね。作詞・作曲はソ・イナ君だそうです。イナ君は？」

イナが手を挙げて、頭を下げた。

「では、イナ君に聞いてみましょう。何か特別な事情のある曲のように思えるのですが？」

緊張した面持ちで、イナがこたえた。

「あの……雨の日を思い出して作曲しました」

「雨の日を思い出す、ということは、絶対にそこに誰かいたはずですよね」

「はい」

「今日その方はお見えですか？」

「きっと来ると思っています」

「あ、まだ来ていないようですが、ソ・イナ君の気持ちが伝わるよう祈ることにしましょう。では、今日最後の参加曲『愛の雨』。拍手をお願いします」

拍手を受けて、歌いはじめようとした瞬間、イナは客席に入ってくるユニの姿を発見した。

来てくれたんだ。

そのままイナは固まってしまった。
イナの合図を待っていたチャンモにつつかれて、我に返ったイナは、ギターをかき鳴らした。

雨の降る夕方、君の姿を見かけた
ずっと前から、君が好きだった
君は傘を持っていなかった
ぼくは君に言った
ぼくの傘の中にお入りよ、と

サランサランサラン　雨の音
ドキドキドキ　ときめくぼくの胸
傘の音　雨の音　ときめくぼくの胸
愛の雨が降る
ぼくは恋に落ちた

雨の日　ふたりで歩いたね
小さな傘　ぼくの肩はびしょ濡れ
君は恥ずかしそうに言った

もう少しくっついてくださいって
サランサランサラン　雨の音
ドキドキドキ　ときめくぼくの胸
傘の音　雨の音　ときめくぼくの胸
愛の雨が降る
I love rain... I love you...

割れんばかりの拍手だった。やはり拍手をしながら、司会が出てきた。

「すばらしい演奏でしたね。では、アンコールとして、ＣＣＲの“Who'll Stop The Rain”です」

チャンモが興に乗ってギターをかき鳴らす。

演奏を終え、観客に挨拶をしていると、チャンモがイナの肩をつついた。チャンモの視線を追う。

舞台のそでに人相のよくない男が顔を出していた。

男がイナを指差した。

「ソ・イナ！」

チャンモが叫んだ。

「イナ、逃げろ！」

言うと同時に、チャンモは舞台から飛び降り、一目散に逃げ出した。事情がわからないままイナも逃げようとしたが、すぐに刑事たちに取り押さえられてしまった。

ドンウクは舞台の上で右往左往していた。何がどうなっているのかわけがわからなかった。チャンモは姿を消したが、イナは刑事に連行されていった。

顔を上げたドンウクは、観客席の奥でユニがうずくまっているのに気づいた。ユニの背中が激しく波打っている。医者の卵であるドンウクは、それが激しい発作であることに気づいた。イナも心配だが、ユニもほうっておくわけにはいかない。ドンウクは舞台から飛び降り、ユニのところに駆けつけた。

発作はおさまったようだった。ユニが持っていたハンカチを見たドンウクは目を丸くした。ハンカチは血に染まっていたのだ。

ドンウクはユニを助けおこすと、外に出た。タクシーをつかまえ、大学病院へ直行する。入院手続きを終えてから、ドンウクは病室に入った。ユニはベッドに横になっていた。起き上がろうとするユニを、ドンウクが止めた。

「そのまま寝ていればいいよ。少しは落ち着いた？」

陰鬱《いんうつ》な表情でベッドの横にある小さな椅子に腰を下ろしてから、ドンウクが言った。

「病状がかなり深刻だ、というのは知っているの？」

ユニがうなずく。

「完治が難しい、ということも」

もう一度ユニがうなずいた。

「それで、休学して田舎に帰ったのか」

「わたし、アメリカに行きます。叔父がアメリカにいるので。そこで治療を受け……。わたしにもしものことがあれば、祖母がひとりぼっちになってしまうので、一緒にアメリカに行きます」

「みんなに秘密にしてくれ、と言っていたけど、そういうことなら、イナに話しておく必要があるんじゃないか」

「話します。病気を治して、必ず戻ってきます。戻ってきて、わたしの口でイナ先輩に説明します。だからいまは黙っていてください。話せばイナ先輩の心に大きな負担をかけることになります。ですから、お願いします」

ユニはきれいに包装された小さな箱を取り出した。

「これをお願いできますか。イナ先輩に渡してほしいんですけど」

ドンウクは小箱を受け取った。今日イナに渡すために用意してきたもののようだった。


面会室に入ると、ガラスの向こうに深刻な表情のドンウクが座っているのが見えた。青い囚衣のイナは、にやりと笑いながら腰を下ろした。

「おい、そんな顔で見るなよ。恥ずかしい」

しかしドンウクはにこりともしなかった。

「よく笑っていられるな」

「心配は要らない。ぼくより、あいつはどうなんだ」

少しまわりを見ながら、ドンウクが小さな声で、大丈夫だ、と言った。イナはほっと安堵のため息を漏らした。チャンモは逃亡中らしい。

「よかった」

「あいつのせいで捕まったようなものなのに、よくそんなことが言えるな」

チャンモのせいではあるが、チャンモが悪いわけではない。

刑事がふたりの下宿で見つけた証拠だ、と言って、取調室に『シアレソリ』を持ってきたことがある。チャンモに紹介されたわけではないが、イナも『シアレソリ』を読んだことがある。確かに、政権にとっては都合の悪いことが書いてある。しかしそこに、間違ったことが書いてあるわけではないのだ。

『シアレソリ』は一九七〇年に咸錫憲《ハムソクホン》が中心になって創刊した雑誌だ。

一九〇一年生まれの咸錫憲は、三・一独立運動に連座して放校となったのをはじめ、キリスト教信者として日本の植民地統治に抵抗し、投獄されたこともある。解放後は故郷である平安道《ピョンアンド》で活動を続け、朝鮮労働党によって反共的であると断罪されて投獄されたが、朝鮮戦争の混乱の中、韓国へ脱出する。停戦後は雑誌『思想界《ササンゲ》』の論客として李承晩《イスンマン》独裁体制批判の先頭に立った。

そして現在、朴正熙《パクチョンヒ》の軍事独裁に抵抗する民主化運動の象徴的存在となっている。

『シアレソリ』は「種の声」という意味であり、咸錫憲は非暴力民主主義を訴え続けてきた。そのため「韓国のガンジー」と呼ばれることもある。

何日か前、セラヴィで「鯨とり」を歌いながら、チャンモはこの曲のどこが退廃的で、どうして禁止曲なのか、と訴えていた。政治についてはよくわからないが、チャンモの言いたいことはよくわかるつもりだった。

あらためて、イナはドンウクに訊いた。

「ユニさんは?」

一瞬言いよどんでから、ドンウクがこたえた。

「あのときはぼくもあわてていて……」

「そうだろうな。ユニさん、ぼくのことを心配しているはずだ。大丈夫だ、と伝えてほしい」

「わかった」

「歌謡祭では、うまく歌えたんじゃないか」

「ぼくたちが一等だ」

イナは満足げにうなずいた。

あらためてドンウクが訊いた。

「ところで、おまえ、どうなるんだ」

「うん、軍隊に行くのが、ちょっと早まると思う」

一応「反共法違反」ということになっているが、刑事たちもイナが政治的に無色なノンポリであることを充分に承知している。それで、懲罰入隊でことを済まそうとしているのだ。

ドンウクがうなずいた。

看守が、面会時間の終了を宣言する。

再び手錠をかけられ、イナは鉄格子の中に戻っていった。

風呂敷包みを持って、ヘジョンは児童公園の中に入った。もうすぐ通行禁止の時間だ。こんな時間に児童公園に人影があるはずもない。ヘジョンは周囲を警戒しながら、慎重に足を進めていった。

「ヘジョン」

暗闇から声がする。

「驚かさないでよ」

姿をあらわしたのは、チャンモだった。どこを逃げ回っていたのか、ひげは伸び放題で、近づくと鼻をつまむほどの異臭に襲われた。

「驚かしたか、ごめん」

見ると、チャンモの眼鏡のレンズに大きなひびが入っている。

「眼鏡、どうしたの？」

「あ、逃げる途中でこわれちまって、不便でしょうがないよ」

ヘジョンは急いで風呂敷包みをチャンモに手渡した。

「何か食い物があるか」

チャンモが風呂敷包みの中を探る。パジャマが出てきた。

「警察に追われているおれに、パジャマ？　まあ、おまえらしいな」

次にチャンモが引っ張り出したのは、ネックレスやら指輪だった。

「何だ、これは？」

「現金があまりなかったから、母のものをありったけ持ってきたのよ」

「おい、これは、ちょっと」

「だから、これを売って、何とか生き延びてよ」

目をしょぼつかせながら、チャンモが言った。

「おまえも元気でな。インスクにも、おれみたいなやつのことは忘れて、幸せに暮らせよって言ってくれ。ドンウクにも……。イナはどうしているんだ？」

「いまは拘置所。懲罰入隊になるそうよ」

「おれのせいで、みんなが……」

「イナ先輩、大丈夫だからって言っていたそうよ。チャンモ先輩のことを心配していたって」

チャンモがヘジョンを抱きしめた。

「ありがとう。そして、ごめんな。おれのことは心配しなくていい。イナのことを頼む」

身を離すと、チャンモがヘジョンの顔を正面から見つめた。

「おまえも、元気でな」

ヘジョンは目に涙があふれてくるのを感じていた。

チャンモが手を上げた。

「行くぞ」

闇の中にチャンモが足を進める。

突然、チャンモはジャンプをすると、チャップリンのように、足を交差させた。

こんなときまでヘジョンを笑わそうとするチャンモの心情を思い、ヘジョンは思わずくすりと笑いながらも、涙を流してしまった。

そのまま、チャンモは闇の中に消えていった。

軍楽隊が勇壮な軍歌を演奏している。窓の下にはドンウク、ヘジョン、インスクがいた。入営列車がもうすぐ出発する。

インスクが大声で言った。

「イナ先輩、がんばってね。チャンモ先輩のことは、あたしが責任を持つから」

泣き顔のヘジョンが言った。

「手紙を書くわ。面会が許可されたらすぐに行くから」

ドンウクが懐から小さな箱を取り出した。

「ユニさんから……」

箱を受け取り、ふたを開く。ユニにプレゼントした時計だった。手紙が添えられてあった。

　無事だと聞いて、安心しました。

　わたしは、故郷の家を整理して、祖母と一緒に叔父のいるアメリカへ行きます。突然のことなので、お別れの挨拶もしないまま、旅立ちます。

あの日、歌を聴いて、とても幸せでした。ありがとう。

考えてみると、イナ先輩はわたしにとって、いつもとてもありがたい存在でした。

絶対に見たいと思っていた映画を一緒に見てくれました。

雨の日は傘を持ってきてくれてわたしを濡れないようにしてくれました。

両親の話も聞いてくれました。

ときどきわたしが驚くほど、わたしと同じように物事を考えているのに気づき、心を動かされました。

いつかこういう話を、イナ先輩の顔を見ながら直接話すことができる日が来るものと信じています。

いまは、イナ先輩と一緒の時間を積み重ねることができなくなってしまったので、時計はお返しします。

ありがとう。

楽しい日々を送ることができました。

幸せでした。


手紙を読みながら、イナは何がなんだかわからなくなっていた。

ユニがアメリカに行く。

どうして突然。

これは別れの手紙なのだろうか。

手紙のどこにも、ごめん、という言葉はなかった。ふたりの約束を守ってくれたのだ、とイナは思った。だから、この愛はまだ終わっていないんだ、と自分に言い聞かせた。

汽車が動き出した。窓の下のドンウクが走りながら叫んだ。

「ユニさん、戻ってくるって言っていたぞ。病気なんだ。かなり深刻な。それでアメリカに行ったんだ。病気を治して戻ってくるって言っていた。だから、また会えるよ」

窓から身を乗り出して、イナは手を振った。

ドンウクが、そしてヘジョン、インスクの姿が、どんどん小さくなっていった。

第三章　ダイヤモンドスノー

ソ・ジュンは車窓から見える雪景色をカメラに収めていた。日本の北海道に来るのは初めてだったが、その雪景色は実にすばらしいと思った。

函館本線で旭川まで行き、そこで撮影チームと合流して、富良野に向かう予定だった。旭川の駅を降りたところで、前から誰かがぶつかってきた。

「すみません」

若い女だった。体に似合わない大きなダウンジャケットを着込んでいる。スタイルなどに神経を遣う女ではないらしい。

幾度も頭を下げてから、女が立ち去った。ジュンはそのまま階段を下りた。改札口の向こうで、アシスタントのチョ・スが待っていた。そのまま車で富良野に行く。まずはスキー場の裏手の山頂で撮影した。続いて山をおり、湖のほとりに移動する。雪の中にたたずむ湖の神秘的な雰囲気は、雪の女王というコンセプトにぴったりだ。

たっぷりと撮影してから、ジュンはチョ・スにカメラを手渡した。

「ひと休みしよう」

近づいてきたチョ・スがささやくように言った。

「気が乗らないんですか」

「まったく、ジュエリーの広告ときたら、猫も杓子も〝雪の女王〟。いい加減にしてほしいね。これでもう何度目だ」

「そんな、いいじゃないですか〝雪の女王〟あなたの胸をときめかせるダイヤモンド！　あ、これ、室長の専門でしょ。ときめき」

「ときめき？　ふっ、これまで一度もときめいたことなんかない」

「まさか、女をとっかえひっかえなのに、ときめいたことがないなんて」

「ない。おれの専門は、ときめかせるほうだ」

言いながら、ジュンは休んでいるモデルのほうにちらりと目を向けた。するとモデルが、そっと手を振るではないか。ジュンがチョ・スにウインクをした。

「ほらな」

あきれたような顔でチョ・スが言った。

「あの娘《こ》、積極的だな。一番の売れっ子で、お高くとまっているって噂なんだけどな」

しかしジュンは、手を振るモデルを無視したままだ。

チョ・スが訊いた。

「どうして無視するんですか」

「仕事中に女を口説いたりはしない」

「そんな、いつも口説いているくせに」

「疲れた。三十分休憩。車で休んでくる」

ジュンは近くに停めてある赤い乗用車に乗り込んだ。エンジンをかけ、暖房を入れる。すぐに例のモデルがやってきて、助手席に乗り込んできた。

冷たい調子でジュンが言った。

「何の用だ」

「別に。寒いから」

「仕事中は邪魔されたくないんだけど」

「邪魔なんかしないわ。手をあっためるだけ」

モデルがヒーターに手をあてる。ジュンはカメラを手に取り、いま撮影したばかりの写真を確認していった。

しばらくして、モデルが口を開いた。

「見ると聞くとは大違いみたいね」

「何のことだ？」

「その気になればどんな女でも三秒で口説き落とすって、そう言われていること、知らないの？」

苦笑しながらジュンがこたえた。

「その噂か」

「単なる噂なの？　でも、そうだったら、どうして噂が流れるままほうっておくのよ」

「その噂、事実じゃない」

「なら、どうして否定しないの？」

「面倒くさいからさ。浮気者だと思われているほうが気が楽なんだ。そうすれば女が警戒して近づいてこないからな。女と付き合うつもりはないんだ」

「どうして？」

「愛を信じていないからさ。初恋で、心に深い傷を負ってしまったから」

モデルが深刻な表情になった。

「わたしもなの。初恋で……。でも大丈夫よ。わたしに話して。誰にも……」

それ以上言わせず、ジュンはモデルを抱き寄せた。

「そのぼくがどうしてこんなことをしているのか、ぼくにも理解できない。こんな気持ち、初めてだ」

ちょうどそのとき、どこからか若い女のふざけた声が聞こえてきた。

「ピョロロン。電話だよ。早く出な。出なけりゃ承知しないぞ……」

実にやかましい。

モデルがジュンのポケットを指差した。

「おれか？」

コートのポケットをまさぐる。見たこともない携帯電話が入っていた。大騒ぎしているのはこれだった。

「何だこれは！」

携帯電話を手に、ジュンは車の外に出た。

「ヨボセヨ《もしもし》」

「あ、韓国の方ですね」

「そうだが」

「その携帯電話、わたしのなんですけど、どこで拾ったんですか」

「拾った覚えはない。おれもポケットの中に入っていることにいま気がついた」

「え、どうしてそれがポケットの中に？」

「それはおれの方が聞きたいね」

「そこに行きます。どこにいるんですか」

「いったい君は誰なんだ？」

とにかくいま居る場所を説明して、ジュンは電話を切った。

旭川駅で、ダウンジャケットを着て着ぶくれした若い女とぶつかったことを、ジュンは思い出していた。もしかしたら、あのとき、何かの拍子で携帯がポケットに飛びこんできたのかもしれない。


「行きましょう」

電話を切ったハナはにっこり笑うと、テソンとチャンスに言った。ふたりともハナと同じ留学生だ。ハナとチャンスは今年、札幌農大を卒業し、先輩のテソンは大学院を卒業する。ハナとテソンはソウルに戻る予定だった。

　テソンが訊いた。

「どこへ？」

「富良野。わたし明日、絶対に会わなきゃならない人がいるの。その人から携帯に電話が入ること になっているのよ。だからあの携帯を絶対に取り戻さなければならないの」

　旭川と富良野を結ぶバス、ラベンダー号に乗り込みながら、チャンスが訊いた。

「明日会う人って誰なんだ。韓国へ帰る直前で忙しいっていうのにわざわざ会うなんて」

「秘密よ」

「おい、おれたちにも秘密なのか」

「送別会を兼ねて、ちょっと旅行すると思えばいいじゃない」

「おれたちは札幌農大の三銃士じゃないか。それなのに秘密なのか」

　テソンがチャンスをなだめるように言った。

「三銃士なんだから、そんな細かいことを言うな」

　ハナがテソンにウインクをした。

「ありがとう、先輩！」

　バスが動きはじめた。一時間と少しで富良野に着くはずだ。

　自動車の中に戻ったジュンは、再びモデルの顔を正面から見つめた。

「こんな気持ちは初めてなんだ。君は特別……」

モデルが目を閉じる。ジュンが唇を近づけていった。あと一歩、というところで、チョ・スが外からどんどんと車のドアを叩いた。

「室長、大変です」

「まったく、何があったんだ」

「クライアントが、撮影を中断しろって」

「何だと！」

とにかく撮影を中断して、山をおりた。スキー場の近くのホテルのカフェに行き、チョ・スがノートブックを起ち上げる。すぐにスカイプがソウルとつながった。画面にクライアントの少し間の抜けた顔が映っている。

ジュンが言った。

「突然撮影を中断しろって、どういうことなんですか」

しかしクライアントは、いらいらしているジュンなど意に介さず、手を振ったりしている。

「ハイ、ソ室長。きれいに映っているね。こっちの顔もちゃんと映っているかな」

ジュンが重ねて訊いた。

「いったいどういうことなんですか」

「ソウルでゆっくり考えてみたんだがね、〝雪の女王〟というのはやはり、陳腐だと思うんだよね。ティアラを着けた冷たい表情の女、そういうのばっかりでしょ」

「だから」

「それでいろいろと考えた末……」

クライアントが秘書に手で合図をする。秘書が大きな雑誌をクライアントに手渡した。その雑誌を開き、写真を画面に映す。

「こういうのを撮ってくれないかな、と思ってね。この写真を見たとき、まさにこれだ、と思ったんだ。だからこういうふうに撮ってくれればいい」

憤然とした表情でジュンが言った。

「それをパクれというのですか」

「そうじゃないよ、君。オマージュと言ってくれたまえ。最近、オマージュが大流行じゃないか」

腹を立ててジュンが立ち上がった。あわててチョ・スがジュンの腕をつかむ。

「お願いですから、我慢してください」

画面の向こうではクライアントが、いったいどうしたのだ、と騒いでいる。

「おい、途中で切るなどという無礼なことをしようとしているんじゃないだろうな」

チョ・スが画面に向かって頭を下げた。

「とんでもありません。ちょっと接続が悪くて……」

「誇り高きソ室長のことはよくわかっているつもりだが、誇りだけでは食っていくことはできないぞ。ソ室長もニューヨークから戻った直後は、その難解な写真がもてはやされたりもしたが、最近はどうだ、鳴かず飛ばずじゃないか」

吐き捨てるようにジュンが言った。

「難解じゃねえ。シックなんだ」

「これまでに撮影した写真を見たけれど、新鮮味が感じられないね。高い金を払って北海道……」

ジュンはノートブックのディスプレイをパタンと閉じると、そのままカフェの外に出た。チョ・スがあわてて追ってくる。

「室長、どうするつもりなんですか」

「うるせえ」

「だめですよ。絶対にだめです。一年分の仕事なんですから。この仕事をワヤにしたら、もうおしまいですよ」

「おれさまはソ・ジュンだぞ。こんなところでおしまいになるはずはない」

「そうでしょうとも。室長は相続する財産があるんですから。でもこっちが相続するのは借金なんですよ。会社がつぶれたら困るんです」

そのとき、チョ・スの携帯電話が鳴り出した。画面を見たチョ・スの声が震えている。

「クライアントです。どうしよう」

「出るな。おれが何とかする」

「そんなことを言って、これからお母さんの会社の写真だけ撮るつもりなんですか」

「いいから、出るなよ」

「そんな、無理ですよ」

チョ・スはカフェの隅に逃げて、電話に出た。文句を言おうとしたとき、今度はジュンのポケットが大騒ぎしはじめた。

「ピョロロン。電話だよ。早く出な。出なけりゃ承知しないぞ……」

まったく非常識な呼び出し音だ。うるさくてたまらない。電話に出たジュンが怒鳴りつける。

「どこのどいつだ?」

「え、さっき電話した者ですが。いまどこですか」

「ああ、そこはもう引き上げた」

「そんな、来いと言っておいて、引き上げるなんて……」

「別に引き上げたくて引き上げたんじゃねえや。こっちにはこっちの事情があるんだ。そんなに急ぐんだったら、すぐに来ればよかったじゃないか」

「大急ぎで来たんですけど」

「とにかく、一歩遅かったな」

「そんな言い方、ちょっとひどすぎませんか」

「とんでもない。早く来なかったほうが悪いんだろう。それにそもそも、携帯電話を忘れたのはそっちじゃないか。どうしておれがそんな話をじっと聞いていなけりゃなんないんだ。そういうことなら、こんなもの、捨ててしまうから、いいな」

「あ、ちょっと待ってください。捨てないで。どうか、落ち着いて。そこに行くから、場所を教えてください」

場所を教えて電話を切ると、ジュンはチョ・スを呼んだ。

「おい、おれの思うとおりにやる、と伝えたか」

消え入るような声で、チョ・スが言った。

「クライアントが明日、北海道に来るそうです」

「何だと！　この野郎、その程度のことも処理できないのか。わかった。荷物をまとめろ」

「え、逃げるんですか」

荷物をまとめて、ホテルを移る。移動の車中で、ジュンはソウルの広告会社に電話を入れた。

「キム・チーム長の広告撮影については、こちらで責任をもって進めるので、心配しないでください。だから日本に来ても意味がない、と伝えてくれればいいんです。それから撮影のコンセプトについても、こちらで考えます。会社に損はさせませんから、心配しないでください」

電話を切ると、チョ・スが心配げな顔で訊いてきた。

「本当にどうするつもりなんですか。何を撮るか、考えてあるんですか」

「うるさい。構想中だ」

「室長は大金持ちのおぼっちゃんだから何の心配もないかもしれないけど、こっちは困るんですよ」

新しいホテルに着き、部屋に荷物を運び込む。なかなかしゃれた部屋だ。そのときまた、例の携帯がけたたましい呼び出し音を立てた。

チョ・スが訊いた。

「さっきから、それ、何ですか」

ジュンはチョ・スに携帯電話を投げつけた。

「誰かの忘れもんだ。適当に処理しておけ」

「そんな……」

あわててチョ・スが携帯電話に出る。文句を言われているようだ。泣きそうな声で、チョ・スがジュンに訴えた。

「室長、もう二回もすっぽかしたんですか」

チョ・スを無視して、ジュンは立ち上がると、上着を脱いだ。とにかくもう一度約束をしたようだ。電話が終わると、ジュンがチョ・スに言った。

「今日はスタッフと会食としよう。あのモデル、絶対に連れてこいよ」

そう言いおくと、ジュンはシャワー室に入った。


電話を切ったハナは、歯を食いしばった。悔しくてたまらない。これほど不誠実な人間がこの世にいるのだろうか。

チャンスがハナに言った。

「まさかまたどこかに行かなきゃなんないのか。もうあきらめて、今日のところは予定どおりトミタファームへ行こうよ」

首を振りながら、ハナはチャンスとテソンに言った。

「わたし、ひとりで行って来るわ」

テソンが言った。

「遠慮するな。付き合ってやる」

「大丈夫よ。携帯電話を受け取るだけなんだから。トミタファームに予約してあることだし」

「男同士で行っても仕方ないだろう。一緒にアルバイトした仲じゃないか、別れの挨拶もきちんとしなくちゃ」

「それはそうだけど。あ、今日泊まるところも決めていなかったわね。決まったら電話して」

「なら、携帯を受け取ったら、まっすぐに来るんだぞ」

「うん」

「明日の朝、おまえが見たいと言っていたダイヤモンドスノー、見に行こうか」

ハナは恥ずかしげにほほえんだ。

「行きます？」

チャンスが首を振った。

「ぼくはいやだな。寒いのに、山のてっぺんまで行かなきゃ見られないんだろ」

「なら、行かなくても、別に……」

ハナに笑いかけながら、テソンが言った。

「なら、ふたりで行こう」

ハナとテソンを見てにやにや笑いながら、チャンスが言った。

「ところで、ダイヤモンドスノーをふたりで見ると恋に落ちるっていう話、知ってるか」

テソンがチャンスにヘッドロックをかけた。

「余計なことを言わなくてもいいんだよ」

ちょうどバスが来た。バスに乗ろうとするハナに、テソンが自分の携帯電話を投げた。携帯を受け取りながら、ハナはこくんと頭を下げた。


シャワーから出ると、チョ・スが例の携帯電話を見ながら大笑いしていた。ジュンはチョ・スが座るソファの隣に座った。

「おい、他人の携帯電話を盗み見ているのか」

「いや、盗み見ているわけではなくて……」

「まったく、マナーってもんはないのか。女の写真を見ているわけじゃないだろうな」

「ち、違いますよ」

にやっと笑って、ジュンがチョ・スを見た。

「かわいいのか」

「本人の写真はまだ……」

ジュンが偉そうに怒鳴った。

「おい、相手は女の子だぞ。どんな画像があるかわからないじゃないか。写真家の端くれなら、他人の写真を盗み見したりするんじゃない」

「そんな、ほんの一、二枚だけですよ。でもこの女の子、とっても愉快な子みたいですよ」

「どういうことだ？」

「なぞなぞとか、笑い話とか、いっぱい集めているんですよ。たとえば、『アヒルが凍れば？』」

「なんだ？」

「丘！」

そう言うとチョ・スはひとりで大笑いした。「凍ったアヒル」のアヒルのところにduckを入れて韓国語で発音すると「オンドク」となる。これは韓国語で「丘」のことだ。

ジュンが冷たく言った。

「おもしろいのか？」

チョ・スが、シャワーを終えて、おしゃれしているジュンを見ながら言った。

「あの、ところで、遊びに行くんですか」

「遊びじゃない。会食だ」

「そんなこと言っていないで、ちゃんと考えてくださいよ。明日の撮影までに、コンセプトと撮影の場所を決めておくって言ってあるじゃないですか」

「おい、おれがここで、おまえと面つき合わせていれば、いい考えが浮かぶと思っているのか。さっさと準備をしないか」

「わかりましたよ」

チョ・スが出て行った。残されたジュンはソファの上にあった携帯電話を手に取った。スイッチを入れる。すると空恐ろしい効果音とともに、見るもおぞましいモンスターの画像があらわれた。ジュンは思わず携帯を投げ捨てた。

「なんだ、これは？」

それでも気になって、再び携帯を手に取る。チョ・スが言ったとおり、おびただしい量のなぞなぞがあった。

「なに、世界で一番温度の高い果物は？　天桃《チョンド》モモ」

思わず吹き出してしまった。天桃モモはモモの一種だが、天桃と千度《チョンド》は発音が同じだ。

なぞなぞ集の隣に、写真のフォルダーがあった。温室みたいなところで農作業をしている写真が多い。

「百姓なのか。しかしどうして自分の顔の写真はないんだ」

見ていると、『with love』と名づけられたフォルダーが目に付いた。中を開く。

動画だった。

一面の雪景色。

何かがきらきらと輝いている。

しかしそれは雪ではない。

実に不思議な光景だった。

バスを降りたハナは、まわりを見回した。目の前に、言われたホテルの看板が見える。

「ここだわ」

ホテルの方に足を向ける。雪を踏みしめて歩いていると、脇から急に車が飛び出してきた。驚いたハナは、雪に足を滑らせ、尻餅をついてしまった。

運転手が飛び出してきた。

「大丈夫ですか」

発音がおかしい。立ち上がると、ハナは日本語で言った。

「気をつけてください。急に出てきたら危ないじゃないですか」

運転手が頭を下げた。

「すみません、いっぱいすみません」

そのとき、助手席から頭を出した男が、韓国語で運転手に言った。

「何て言っているんだ。適当にあやまって、早く行こう。別に怪我をしているようには見えないし、服も大丈夫じゃないか。しかしみっともない服だな。この服なら、雪の中を転げまわっても問題ないだろう」

韓国語がわからないと思って、好き勝手なことを言っている。運転手が英語であやまりはじめたのを制して、ハナは韓国語で言った。

「みっともない服に問題が生じたら連絡しますよ。まったく、外国にまで来て、何をやっているんですか。みっともない」

それだけ言うと、ハナはホテルに入った。ロビーで電話をかける。しかし誰も出ない。

「いったいどうなっているのよ！」

腹が立ったが、どうしようもない。受付に、携帯電話を預けていった客がいないか、と訊いたが、いないという返事だった。韓国人の宿泊客の部屋番号を尋ねても、個人情報を教えることはできない、ということだった。

ロビーに座って待つ。幾度も電話をしたが、誰も出ない。いつの間にか居眠りをしていた。もう一度電話をしたが、同じだった。

「もう！　なんて人なの！」

二度すっぽかされて、これで三度目だ。時計を見る。もう十二時に近い。

意を決したハナは、客室階に上がっていった。電話をかけ、ドアのところで耳をすます。あの着信音なら部屋の外からでも聞こえるはずだ。

そうやって部屋を回っていると、あった。例の着信音が聞こえる。ためしに、電話を切ってみた。同時に部屋の中から聞こえていた着信音も消える。間違いない。

ドアを叩いてみた。しかし返事はない。ドアのノブを回す。

「え！」

なんと、鍵がかかっていなかった。

「すみません……」

そっとドアを押して中に入る。

電気を灯す。誰もいない。ハナはもう一度電話をかけた。着信音が聞こえる。

「あったわ」

携帯電話はソファの上にあった。そのまま部屋を出ようとして、ハナは首を振った。

「今日一日振り回されたのよ。このまま帰るわけにはいかないわ」

まずはベッドのシーツの下に、香水やらなにやら、ごつごつしたものを放り込む。それが終わると、冷蔵庫から赤ワインを取り出し、浴室に入った。桶の中に赤ワインを入れ、それを洗面台におき、赤いルージュで鏡に文字を書く。

わたしが人間に見えるか

照明の位置をかえ、さらにおどろおどろしい雰囲気を演出する。

すべてが終わると、ハナはにいっと笑った。何も知らずに浴室に入れば、腰を抜かすに違いない。

浴室を出た瞬間、ばたんと音がして、誰かが入ってきた。ハナはあわてて浴室の陰に隠れた。

入ってきたのはジュンとモデルだった。モデルのほうはかなり酩酊しているように見える。入るとすぐに、ジュンがモデルの服を脱がせにかかった。

ハナは目を丸くした。

「まさか、ここでこれから……」

ベッドに飛び込んだジュンが悲鳴をあげた。

「わ！　何だこれ」

ジュンがシーツをはがす。下には、香水のビンやら、ティッシュペーパーのボックスやらが雑多に並んでいた。

両手を頬に当てたモデルが言った。

「まさか、あの人が」

「どういうことだ」

モデルが首を振った。

「いや、そんなはずはないわ。あの人ならこんなものじゃすまないはずだもの。刃物でも仕掛けておくはずよ」

ジュンがあわてて訊いた。

「ちょっと待ってくれ。恋人がいるのか。それに、刃物?」

モデルが平然とした表情でこたえた。

「あら、聞いたことないの、あたしの噂」

そのまま、モデルがジュンにしなだれかかる。

「さあ、そんなことはいいから……」

ジュンがモデルの手を止めた。

「ちょっと待て」

「どうしたの。まさか、怖気《おじけ》づいたの?」

「そうじゃないけど、ちょっと……」

ベッドを出たジュンが、浴室のほうに向かった。ハナは何とか逃げ出そうとするが、狭いホテルの部屋の中のこと、どうすることもできない。

次の瞬間、ハナとジュンが正面からぶつかってしまった。

ふたり同時に悲鳴をあげる。驚いたモデルも飛び出してきた。

「あ、あ、あの、だから……」

意味のわからないことを口走っていたハナは、目の前にいるのがさっき車の中から顔を出した失礼な男であることに気づいた。

「あ、あの、みっともない服だと言った……」

モデルが動転しているジュンに「泥棒?」とささやいた。

ハナはあわてて否定した。

「泥棒?　わたしが?　とんでもない。さっき会ったじゃないですか。みっともない服だって言ったでしょ」

ジュンの表情が動いた。思い出したらしい。

「あ、携帯!」

ハナはポケットから携帯電話を取り出した。

「これ、わたしの携帯なんです。これを受け取りに、最初は富良野、それからホテル、そこもすっぽかされてここに来て、ここでも何時間も待たされたんです。あなたのせいですよね。さっき電話で話したでしょ」

ジュンがハナの手から携帯電話をさっと奪った。

「最初からこうするつもりで、おれのポケットに携帯を入れたんだな」

とんでもない言いがかりに、ハナは返事もできなかった。

「え？」

モデルが言った。

「やっぱり泥棒なのね」

ハナが叫んだ。

「泥棒なんて、とんでもない。返してください。返して」

ジュンの手にある携帯電話を取り戻そうとするのだが、ジュンを捕まえることもできない。ベッドの上でもみあいになったが、すぐにねじ伏せられてしまった。

ハナを押さえつけながら、ジュンがモデルに言った。

「何をしているんだ？」

「え？」

「早く行け。あとは適当に処理するから。ここにいることを誰かに知られたら困るんだろ。刺されたいのか」

モデルがあわてて上着を手に出て行った。

「また現場でな」

「はい」

モデルが出て行くと、ジュンはハナを放してくれたが、携帯電話を返そうとはしなかった。そのままホテルを出ると、ハナは半ば強制的に車に乗せられた。

ハナが抗議した。

「携帯電話を取り戻そうとちょっと部屋に入っただけなのに、ひどすぎますよ」

運転しながら、ジュンが訊いた。

「北海道で何をやっているんだ？」

「大学に通っています」

「何年生だ？」

「もうすぐ卒業で、韓国に戻る予定です」

「そうか、ならいま韓国に強制送還されても、困ることはないな」

「そんな……」

ハナは泣き顔になった。

「行かなければ？」

「え？」

「警察に行かなければ、何をしてくれる？」

「何でも！」

ハナがそう返事をすると、ジュンは車を道路脇に寄せて、停止させた。

「ど、どうして車を停めるんですか」

ジュンが顔を寄せてくる。

身を硬くして、ハナが言った。

「何でもするっていうのは、そういう意味ではなくて……」

ジュンがハナの鼻先に携帯電話を突きつけた。

「これは何だ?」

見ると、ダイヤモンドスノーの動画が映っている。

「ダイヤモンドスノーのこと?」

どうやらジュンはダイヤモンドスノーのことを知りたいらしい。ハナは知っている限りのことを説明した。するとジュンは、ダイヤモンドスノーが見られるという丘のほうに車を走らせた。

山道をしばらく行くと〝車両進入禁止〟という看板に行く手をさえぎられた。

ジュンが訊いた。

「ダイヤモンドスノーが見られる丘というのは、ここから近いのか」

「もうちょっと先よ。それに、朝にならなきゃ見られないわ」

「そうか」

そう言うと、ジュンは椅子をうしろに倒し、後部座席にあった毛布をかぶった。

ハナが訊いた。

「何をしているんですか。まさか朝までこうやって待つつもりじゃ」

「おれひとりで行けっていうんじゃないだろ」

POST CARD

50円切手をお貼りください

〒 107−8563

(株) キネマ旬報社

『ラブレイン』編集部行

●お名前《フリガナ》	年齢　　　歳	男・女
●ご住所　〒		
TEL	職業	
Eメール		

弊社からのメールマガジン（無料）を希望しますか　登録済・はい・いいえ

※メールマガジン会員に登録されますと、毎月弊社からお得な情報や特典をお送り致します。

ご購入先

購入年月日　　　年　　月　　日

『ラブレイン』読者アンケート

この度はお買い上げいただきましてありがとうございました。
このハガキは、今後の出版企画の貴重な資料として活用させていただきます。
（ご記入は差しつかえのない項目のみで構いません）

●この本を何でお知りになりましたか？
1、書店店頭で　2、知人の薦め
3、紹介記事・書評で　紙・雑誌名（　　）
4、ネットで（　　）5、その他（　　）

●本書に関して○（よい）、△（ふつう）、×（わるい）で以下の項目にお答えください。
・内容（　）・定価（　）・デザイン（　）・総合（　）

●最近ご覧になった本、ドラマ、映画で面白かった作品を教えてください。

●あなたの興味があることを教えてください。（複数回答可）
1、ドラマ　2、音楽　3、映画　4、歴史　5、演劇　6、旅行
7、ショッピング　8、美容　9、その他（　　）

●本書に対するご意見・ご感想をお聞かせください。

※今後、キネマ旬報社からの出版物・催し物などのご案内を希望されますか？
1、はい（メールにて）　2、はい（DMにて）　3、いいえ

☆ありがとうございました☆

「でも、それならいったんホテルに戻って……」

「そんな面倒くさいことやっていられるか。ここで待てばいいじゃないか」

「でも、じゃあわたしは……」

「そのダイヤモンドスノーを見ることができなければ、おれ、おしまいなんだ」

「え、おしまいってどういうこと？」

「いいから静かにしてくれ。ひと眠りするから」

ジュンはそのまま眠ってしまった。腹が立ったが、どうすることもできない。ハナはそのままじっと待った。エンジンがかけっぱなしだったので、寒くはなかった。

外が明るくなった。目を覚ましたジュンが車を降りた。そのままドアを閉めようともしない。

「寒いからドアを閉めて！」

ドアを閉めようともせず、ジュンが言った。

「おい、降りないのか」

「道は説明したでしょ。わたし、絶対にあなたとそれを見たくないのよ」

「そうか、それならこれは……」

そう言いながら、ジュンが携帯電話を放り投げるしぐさをした。ハナはあわてて車を降りた。

「あ、ストップ！」

歩きながら、ハナがつぶやいた。

「携帯を取り戻したら、覚えておきなさいよ」

「え、何だって？」

「なんでもないわ。ところで、その格好で行くつもり。凍え死ぬわよ」

見るとジュンが着ているのは、薄い革のジャケットだった。ハナは、ジュンがみっともないと言った、丸々としたダウンジャケットだ。

「北極熊を捕まえに行くんじゃないだろ。まったく、少しは自分のスタイルを考えてみろってんだ」

「スタイルより、命のほうが大切だから」

「おい、高い服はなぜ高いのか知っているか。薄く、軽く、スタイルがいいうえ、保温力もあるからだ。ほら、案内しろよ」

ハナが前に立って歩きはじめた。はじめは元気よくついてきたジュンも、すぐにぶるぶると震えはじめた。

震える声で、ジュンが訴えた。

「おい、まだ遠いのか」

「もうちょっとよ。早く」

振り返ったハナは、ジュンの様子を見て、にやりと笑った。

「もしかして、寒いの？」

「寒くなんかない」

「そうでしょうとも。スタイルのいい、高い服を着ているんですものね」

ジュンがにらんだ。ハナがもう一度訊いた。

「寒いんでしょ」

「寒くなんかない」

強がっていたジュンが、雪に足をとられて転んだ。ハナは思わず笑ってしまったが、ジュンがにらみつけるので、必死になって笑うのをこらえた。

丘の上に着いたハナが、ジュンに言った。

「着いたわよ」

追いついてきたジュンが言った。

「見えないじゃないか。ダイヤモンドスノー。いったいどこにあるんだ」

「いまは無理よ」

「え？」

「日が昇らなくっちゃ」

「いつになったら日が昇るんだ」

「さあ。あと二時間ぐらいかな。もっとかも」

「おい」

「え？」

「それまで、何をしていろっていうんだ」

「何をって、待つしかないでしょ」

ハナの隣に立つジュンは、ぶるぶる震えている。ハナをにらみつけながら、ジュンが言った。

「脱げ」

「え？」

「脱げ」

「何を言い出すのよ」

「寒い。おれは重要人物なんだ。おまえと違って、おれが病気になると大変なことになるんだ」

「いやよ。わたしも、わたしにとっては、とっても重要な人物なんだから」

するとジュンは、携帯電話を取り出した。

「ここから投げると、見つけることができるかどうか」

ジュンをにらみつけながら、ハナが言った。

「わかったわよ」

ダウンジャケットの下に着ていたピンクのペディング・ベストを脱いでジュンに手渡したのだが、ジュンは不満顔だ。

「こんな薄いのしかないのか。それ、あったかそうだけど」

「これはだめよ。これを脱いだら、わたしが凍え死んでしまうわ。それに、こんなみっともないのを着たら、スタイルが台無しよ」

「手袋は」

「ないわ」

ジュンがまた携帯をもてあそびはじめた。

「本当にないのよ。わたし、手があったかいの。だから、いつも手袋はしないわ」

ペディング・ベストを着るジュンを見ながら、ハナは小さくつぶやいた。

「携帯を取り戻したら、殺してやる」

「全部聞こえているぞ」

そのまま、丘の上に突っ立って、ダイヤモンドスノーが出てくるのを待つ。

しばらくしてから、退屈したハナが口を開いた。

「アヒルが凍ると何になる?」

「何だ、突然」

「ただじっと待っているのも退屈でしょ。当ててみてよ」

「当たったら?」

「え?」

「願いをひとつ」

また何か悪巧みをしているのではないか、とハナは警戒した。

「お、自信がないのか」

ここまで挑発されれば、こたえないわけにはいかない。

「いいわよ。こう見えてもわたし、なぞなぞの名人なんだから。十問のうち五問当たったら、勝ちにしてあげる」

「そんな面倒くさいことしないでもいい。五問中五問、ストレートだ」

「そんな……、無理に決まっているわ」

「やってみろ」

「いいわよ。アヒルが凍ると何になる?」

「丘。はいこれで一問」

「あ、知っていたみたいね。じゃあ次。世界でもっとも温度の高い果実は?」

「天桃モモ、これで二問」

「食べたら死ぬとわかっていても、食べざるをえない……」

「年。これで三問」

日本語でもそうだが、韓国語でも年をとることを、年を食う、と表現する。

「救命ボートには何人……」

「九人。これで四問」

日本語でも韓国語でも、救命《クミョン》と九名《クミョン》の発音は同じだ。

「それならええと……ウサギが得意なのは……」

「木を切ること。これで五問。おれの勝ちだな」

韓国語でウサギはトッキ。斧も同じくトッキといい、斧で木を切ることもそう表現する。

「どうしてそんなによく知っているの」

「願いをひとつ聞き入れる約束だよな」

「あ、わたしの携帯を見たんでしょ。そんなのずるいわ」

「ずるいも何もないだろ。携帯を見たらだめという話があったわけでもないじゃないか」

口をとがらせてハナが言った。

「願いって何よ」

ジュンが手を突き出した。

「手を握れって！　な、なんで？」

「変な想像するな。おまえのこと女だとは思っていないから。おれのあだ名、知っているか。三秒で口説き落とす、だ」

「三秒で口説き落とすって、いったい何を？　女を？」

「おれは指がかじかんではならない人間なんだ。おまえの手はあたたかくて、手袋も要らないんだろ。あたためてくれ」

しかたなくハナはジュンの手を握り、ポケットの中に入れた。

「ああ、少しはましになった」

「何をしている人なの？」

「え？」

「だから、仕事は？　指がかじかんではならないってどうして？」

「フォトグラファー」

「なるほど、それでここに来ようって言い出したのね。写真を撮るために」

またしばらくしてから、ジュンが訊いた。

「どうしておれと見たらだめなんだ」

「え？」

「さっき言ったじゃないか。ダイヤモンドスノーをおれと見たくないって」

「ああ、そのこと。ダイヤモンドスノーをふたりで見ると恋に落ちるって話があるからよ」

「え？」

「そういう話があるの。だから恋人同士で見に来る人が多いのよ」

「おまえとおれが一緒に見たら」

「一緒に見ても、そうなる可能性はゼロね」

「そうだろうな」

ハナはポケットの中からジュンの手を出した。

「もうあったまったでしょ」

「おれじゃなくて、誰と見たいと思っていたんだ？」

「え？」

「フォルダーの名前が、『with love』だったじゃないか。いったい誰と見たいと思っていたんだ？」

「見たのね」

ジュンがまた携帯を取り出した。そのフォルダーを確認するつもりらしい。

「返して、返してよ」

ハナは必死になってジュンにしがみつき、携帯を取り返そうとした。そのままもみあいになっているうちに、ジュンは道の脇に転んでしまった。そこの雪は柔らかく、そのまま沈み込んでしまい、容易に抜け出すことはできない。

「いててて」

ジュンが悲鳴をあげた。

「大丈夫？」

「まったく。腕に怪我をして写真が撮れなくなったら、覚悟しろ」

「わたしが悪いわけでもないのに……」

ジュンが手を伸ばした。

助けるつもりで手を伸ばしかけたハナが、手を引っ込めた。

「携帯を返して」

「何だと」

「携帯を返してよ。どうせダイヤモンドスノーを見るために返そうとしなかったんでしょ。早く」

「そのままおまえが逃げ出したら、おれはどうすりゃいいんだ？」

「わたしがそんな人間に見える？」

しばらく考えてから、ジュンが言った。

「わかった」

ジュンが携帯を差し出す。手を伸ばして、ハナは携帯を取り戻した。

「これでいいだろ。早く助けろ」

しかしハナは、そのまま丘を登っていく。

「おい、どこへ行くんだ。戻ってこい」

振り返ったハナはにっこり笑って見せた。

「携帯ありがとね。助けてあげたら、また携帯取っちゃうつもりなんでしょ。心配しないで。誰かいたら、助けに来るように言ってあげるから」

おい、待てと騒いでいるジュンをおいて、ハナは丘を登った。別に無理に助けなくても、ほんの一、二メートル動けばいいんだから、自分で脱出できるはずだった。ハナ自身、スキーをしながら、幾度ももっとひどい状況から脱出したことがあった。


坂を上っていくハナを見ながら、ジュンは絶望的な気分になった。このまま雪に埋もれて何時間も待たなければならないのだろうか。そんなわけにはいかない。それにもうすぐダイヤモンドスノーがはじまるかもしれない。なんとしてもそれを撮影しておく必要がある。

ジュンは雪をかきながら、道のほうに移動していった。雪は水気がなく、まるで粉のようだった。押しても手応えはなく、なかなか前進できない。

それでも数分間の苦闘の末、なんとか道に戻ることができた。

「どこに行きやがった」

怒鳴りながら、ハナが消えた坂を上っていく。

「あいつ、見つけたら……」

さっと視界が開けた。遠くに逃げたと思っていたハナが目の前にいた。太陽のほうを向いて、恍惚とした表情をしている。

ハナが言った。

「ダイヤモンドスノーよ。わぁぁ……」

ハナの視線を追う。

何か不思議なものが宙に浮き、きらきらと輝いている。実に不思議な風景だった。自然の神秘そのものだ。ジュンは急いでかばんからカメラを取り出し、シャッターを押した。幾度も、幾度もシャッターを押した。実に感動的な風景だった。

ファインダーの中にハナが入ってきた。

その表情を見て、ジュンはぎくりとした。

毎日のように美しい女を見ている。見飽きたといってもいい。そのジュンが、ダイヤモンドスノーを見つめるハナの顔を見て、身を硬くした。

何と表現すべきなのだろうか。

まさに地上に舞い降りた天女の表情だった。

罪や穢《けが》れとは無縁の顔だった。

ダイヤモンドスノーのように、その心がきらきらと輝いているように思えた。

ジュンは思わずアップにして、ハナを撮った。何枚も、何枚も。

自分に向けてシャッターを押していることに気づいたハナが不審な顔をした。

「何をやっているの？」

「おまえを撮っているんじゃない。どけよ、邪魔だから」

ハナが一歩さがった。

ジュンは、ダイヤモンドスノーとハナを撮り続けた。いい写真が撮れた。ジュンは気分が高揚してくるのを感じていた。

「光栄に思え」

「え？」

「おれと一緒に見られたことを」

しかし気力が続いたのはそこまでだった。一時の興奮がおさまると、寒さに身を震わせた。もう何時間も、薄着のまま、零下二十度に近い雪原をうろついていたのだ。なんとか車のあるところまで戻ったが、とても運転することなどできなかった。

雪道を慎重に運転しながら、ハナは隣にいるジュンの様子を見た。毛布をかぶって、ぶるぶると震えている。左手を伸ばして、ジュンの額に触れた。

「熱いわ」

「熱い？　とんでもない。寒くて死にそうだ。どこかあったかいところはないか」

「そんなこと言われても……」

急いで街に戻らなければ、と思っているのに、車が止まってしまった。

「おい、どうしたんだ？」

ハナはガソリン・メーターを見た。針がゼロをさしている。

「ガソリンが切れたみたい」

「なんだと」

「だからホテルに帰ろうって言ったのよ。一晩中エンジンをかけっぱなしにするから……」

「くそ！　おい、携帯を貸せ」

ハナはジュンをにらみつけた。

「おい、こんなところで凍え死にしたいのか」

携帯を返したらまた意地悪をするに決まっている。しかしどうしようにもないので、ハナはジュンに携帯を手渡した。

外を見たハナは、雪の下から小さな木の看板が顔を出しているのに気づいて、はっとした。漢字で『泉』という文字が読める。

この近くに露天の温泉があるのを思い出した。夏に来たことがある。この看板は『吹上温泉』と書いてあるに違いない。ここから温泉まではすぐだ。

ハナはぶつぶつ文句を言うジュンを説得して、外に出た。

石段を下りながら、ジュンが言った。

「誰もいないじゃないか。本当に温泉なのか」

「そうよ」

「勝手に入っていいのか」

「無料の露天温泉よ。寒いんでしょ。遠慮なくあったまりなさいよ」

「服を着たまま？」

「脱げばいいでしょ」

「どこで？」

「そこらへんで、適当に」

「なら、おまえも入れ」

「なにバカなことを言っているの」

「恥ずかしがるほどの体をしているのか？」

温泉の脇に、木の台があった。

「ここで服を脱ぐようになっているみたいね」

「じゃあ、おまえは向こうへ行け」

「そんなことを言うなら、携帯を返してよ」

「携帯？　返してほしければ裸になれ」

「どうしてわたしが裸にならなければならないのよ」

「もういい。これを持っていろ」

そう言いながら、ジュンは体に巻いていた毛布を差し出した。

「なんで?」

「簡易脱衣所だ」

つまりカーテンのように隠せという意味らしい。ハナは吹き出した。

「そんなもん、誰も見ないわよ。恥ずかしがるほどの体をしているのかしらね」

大騒ぎしたものの、結局ジュンは上着を脱いだだけで、温泉につかった。先ほどまでは死にそうな顔をしていたが、温泉につかり、すっかり生気を取り戻したようだ。ハナは靴下を脱いで、足先だけを温泉に浸した。

「電話したんでしょ。誰も来ないわね」

「すぐに来るさ。ところで、どうしてこんなところを知っているんだ」

「この近くに実習に来たことがあるのよ。それで覚えていたの」

「実習? 専攻は何なんだ?」

「ガーデニング」

「つまり、庭師ってことか」

「まあ、そんなところね。このあたり、野生の花が本当に多いのよ」

「しかしすばらしい景色だな。おい、車からおれのカメラを取ってきてくれ」

「自分で取ってくれば。こき使わないでよ」

ジュンが、岩の上に置いてある携帯を見た。ハナはしかたなく、車まで戻り、カメラを持ってきた。

カメラを手にしたジュンは、温泉につかりながら、四囲の風景を撮っていった。ジュンがカメラに夢中になっている隙に、ハナが携帯に手を伸ばした。もう少しで携帯に手が届くという瞬間、ジュンが気づき、手を伸ばした。

携帯がすべって水の中に落ちる。

「あ、携帯、携帯、わたしの携帯」

ハナは必死になって携帯を探した。温泉の下に沈んでいた携帯を拾い上げ、スイッチを入れたが、うんともすんとも反応しない。

「ああ、もう……」

ハナも温泉の中に落ちてしまったので、ダウンジャケットだけ脱いで岩の上に置き、服を着たまま温泉につかった。ふたり肩を並べて温泉につかっているのだが、さっきから一言も口をきかない。ハナが怒っているのを見て、ジュンも悪いと思っているようだ。

長い沈黙を破ってジュンが口を開いた。

「いったいどこの誰に会うつもりだったんだ？」

ハナは固く唇を結んだままだ。

「言いたくなければ、無理に言わなくてもいいけど」

しばらくしてから、再びジュンが口を開いた。

「おまえ、こわくはないのか」

「何が？」

「おれのこと」

「え？」

「三秒で口説き落とす男だぞ」

「冗談でしょ」

「本当だ」

ジュンがハナのほうににじり寄った。

「おれは愛ってものを信じていない。おれのおやじが初恋を忘れることができずずっと苦しみ続けたからだ。そのせいでおふくろもずっと不幸だった。だからおれは、そういう愛はごめんだ、と思っていたんだ。でも、おまえに出会って、考えが変わった。こんな気持ちになったのは生まれて初めてだ」

そこで言葉をとめると、ジュンはハナの瞳を正面から見つめた。

「一秒、二秒、三秒……」

ジュンの方が根負けして、視線をそらした。

「おまえ、本当に女か」

「どういうことよ」

「ここで一番大切なのは、こんな気持ちになったのは生まれて初めてだ、というところだ。普通、おれのような男に、こんな気持ちになったのは初めてだ、と言われれば、ほとんどの女は落ちるんだがな。しかし女っていうのは、どうして『初めて』にそんなにこだわるんだ？」

今度はハナがジュンのほうににじり寄った。

「母は一生初恋を忘れることができなかったの。でも、その思い出のおかげで幸せだった、と言っていたわ。わたしもそんな恋をしてみたい」

ハナがジュンの瞳を正面から見つめた。

「一秒、二秒、三秒……、こうやって？」

ジュンのまねをしてふざけたつもりだったのに、ジュンの様子がおかしい。突然、ジュンが手を伸ばしてハナをかき抱いた。

「な、何をするのよ。離して」

「ちょっとそのままにしていてくれ」

「何を言っているのよ。離して」

「こんな気持ち初めてだ。それが抜けていたじゃないか」

ジュンが顔を寄せてきた。キスをしようとしているらしい。どうしたらいいかわからず、ハナは身を硬くした。

「室長」

石段の上から声が聞こえてきた。ジュンが驚いて顔を上げる。チョ・スだった。

「そんなところで何をしているんですか」

ガス欠になった車はあとで回収することにして、チョ・スが運転してきた車で帰ることにした。

ジュンは上着を脱いでいたのでまだよかったが、ハナは服を着たまま温泉に落ちてしまったので大変だった。温泉の外に出ると、零下二十度の寒気だ。車の暖房を最高にして、とにかくホテルに急いだ。

車の中で、ジュンもハナも黙りこくっていた。

ジュンは、自分がなぜあんなことをしたのか、ずっと考えていた。三秒で口説き落とすつもりが、逆に三秒で口説き落とされてしまったみたいだ。

おれがこの女に惚れた？

そう自分に問いかけて、ジュンは首を振った。そんなはずはない。こんな世間知らずの田舎娘に、どうして天下のソ・ジュンが惚れるなどということがあろう。

しかし……。

温泉で、じっとジュンの瞳を見つめたハナの表情が忘れられない。

そして、ダイヤモンドスノーを見て目を輝かせていたハナ！

「あの……」

黙って運転するのに耐えかねて、チョ・スが言った。

「黙っていろ」

「でも……」

「一言も口にするな」

「はい」

それでも、しばらくしてまたチョ・スが話しかけてきた。

「あの……アヒルが凍ると何になる?」

「うるさい、黙っていろ」

「はい」

さらにしばらくして、チョ・スが言った。

「あの、ソ教授から連絡がありました。いま北海道にいるそうです」

「北海道に?」

「時間があれば食事でも一緒にと言っていましたが」

「そんな時間どこにある」

「でも……」

「いいから」

ホテルに着くと、ハナの服は大急ぎでやってくれ、と言ってクリーニング・サービスに出した。しかし、部屋に女の服などない。服が来るまで、ジュンのシャツを貸すことにした。

浴室でシャツを着たハナが出てきた。大きすぎるシャツなので充分に肌を隠すことはできるが、ハナは裾が気になって引っ張ったりしている。

「そんなに引っ張るなよ。そのシャツ、いくらだと思っているんだ。隠すような体をしているわけでもないのに」

「わかったわよ。まったく、誰のせいでこうなったと思っているのよ」

「うろうろしないで、座ったらどうだ。また部屋をめちゃくちゃにするつもりなのか」

ジュンをにらみつけながら、ハナがソファに座った。ダウンジャケットを膝に乗せるハナを見て、ジュンが言った。

「寒いか」

首を振ったハナが、あらためて訊いた。

「ところで、どうしてあんなことをしたの？」

温泉で唇を寄せたことを言っているというのはすぐにわかった。しかし、惚れてしまった、などとは口が裂けても言えない。ジュンはわざと大声をあげた。

「何が」

「さっきの……あれ……」

「何のことだ。思い出せないな」

ハナはこわれた携帯を見ながら、泣きべそをかいている。ジュンはわざと怒ったような声で言った。

「今度は何だ？」

「一言あやまってもいいんじゃないの」

「直すことができなければ、弁償すればいいんだろう」

「まったく……。連絡が来ることになっているのに」

「さっきからそれだ。いったい誰と会うつもりだったんだ」

「母の初恋の人。さっき言ったでしょ。母が、思い出だけで幸せだった、と言っていたその人。ちょうど北海道に来ると聞いたから……。会ってみたかったのに」

「初恋、初恋って。会って何を話すつもりなんだ。母があなたを忘れられないでいます。お願いだからもう一度会ってやってください。そんな話をするのか」

「何が言いたいの？」

「過去に執着する連中の気が知れないね」

「執着しているんじゃなくて、過去を大切にしているのよ」

「大切にするなら、心の中にしまっておけばいいじゃないか。引っ張り出して大騒ぎすることはない」

「もしかして、初恋にいやな記憶でもあるの？　それとも、さっき言っていたお父さんの初恋の話、本当のことだとか……」

ドアのベルが鳴った。ホテルマンがハナの服を持ってきたのだ。浴室に入って、ハナが着替える。着替えが終わればハナは帰る。このままお互い名前も知らぬまま、別れることになるのか。

温泉で、じっとジュンを見つめながら、一秒、二秒、三秒と言ったハナの表情が思い出される。

浴室から出てきたハナが頭を下げた。

「帰るわ」

ジュンはハナの手をつかんだ。

「送っていく」

「いいわよ」

「おれのせいで携帯がこわれた、といって告訴でもされたらたまらないからな」

旭川の市内に向かい、まず携帯のアフターサービスセンターに向かう。ハナが日本語で応対しているので、ジュンには何を言っているのか理解できなかったが、どうやら修理に時間がかかるからあとで連絡する、と言われたらしい。ハナが連絡先としてペンションの名を書いていた。これは英語だったので、ジュンにも読み取ることができた。

店を出る。

「修理にはちょっと時間がかかるそうです。では、これで」

ハナが頭を下げる。このまま帰るつもりらしい。ジュンはあわてて声をかけた。

「寒いな。うまい店、知っているか」

「え？」

「だから、飯」

「は？」

「何か食おう」

「え？」

「おまえは頭が悪いから忘れているかも知らないが、おれたち昨日から何も腹に入れていないんだぞ」

「おなか空いていないわ」

くるりと振り返って行こうとした瞬間、ハナの腹がグルルッと鳴った。

結局、ハナの案内で、富良野名物オムカレーの店に入ることになった。店に入っても、ずっとハナはジュンをにらみつけていた。

「いつまでもそんな顔をするなよ。おなかが鳴ったのは、おれのせいじゃないだろ」

「なんで勝手に二人前注文したのよ。わたしは食べないから。そもそも、携帯を水に落とさなければ、こんなことにはならなかったのに」

「そもそもおまえがおれのホテルの部屋に忍び込まなければ」

「そもそもわたしの携帯を人質にとらなければ」

「そもそもおまえが携帯をきちんと持っていれば！」

ハナが口をつぐんだ。にやりと笑ってジュンが続けた。

「こんなことにはならなかったのにな」

オムカレーが来た。皿をおきながら、店員が何かを言った。

「おい、何て言ったんだ？」

「お代わりがほしければ、ルルルと言えばいいって」

「何だそれ」

言いながらジュンがハナの前にある皿をつかんだ。しかし向こうからハナが皿をつかんで放そうとはしない。

「食べないいんだろ」

そう言っても、ハナは横を向いたまま、手はしっかりと皿を持っている。

にやりと笑ってから、ジュンは自分の皿にスプーンを入れた。

ハナも食べはじめる。実にうまそうに食べる。ジュンは自分が食べるのも忘れ、本当に幸せそうに食べるハナに見とれてしまった。

食べながら、ジュンは窓に指で「？」と書いた。

「何なんだ？」

「なにが？」

「名前」

「名前を聞いてどうするつもりなの。知らないまま別れたほうがいいわ」

ジュンはひとつうなずいてから、「？」の横に「！」と書き加えた。

「おれもそう思う。ルルル」

「ルルル？」

「そうだ、ルルル」

「勝手にルルルって呼ばないでよ」

「おれの勝手だろ、ルルル。ちゃんと聞いているか、ルルル。よく食べるな、ルルル」

店を出た。今度は本当に別れだ。

「気をつけてな、ルルル」

最後まで、ジュンは憎まれ口をたたいてしまった。ハナのあとを追いたかったが、そういうわけにもいかなかった。

ハナはうしろも見ずに立ち去っていった。最後に何か言いたくて振り返ったが、そのときはすでにハナの姿は見えなかった。

まっすぐホテルに戻る気にもなれず、ジュンは目に付いたしゃれた洋服店に入った。試着しようとして、中にピンクのペディング・ベストを着ていることに気がついた。ハナの服だ。ペディング・ベストを別に包むか、と言われたので、捨ててくれ、と言っておいた。

何着か服を買った。

そして、ハナを思い浮かべながら、ワンピースを一着買った。ハナに渡すかどうか、決心がつきかねていたが、もしハナにプレゼントできなければ別の女にやればいい、と自分に言い聞かせていた。

精算をしていると、誰かが服を投げつけてきた。振り返ると、目を怒らせたハナが立っていた。投げつけたのは、ピンクのペディング・ベストだった。店員が外のゴミ箱に捨てようとして、ハナがそれを見とがめたらしい。

ハナはそのまま、大股で店を出て行った。ジュンは床に落ちたペディング・ベストを拾うと、ハナのあとを追った。

「待てよ」

大声をあげたが、ハナは振り返ろうともしない。ジュンは駆けて、ハナの前に立ちふさがった。ペディング・ベストを差し出す。

「持ってけよ。これを取りに来たんだろ」

「なによ？」

「おれがこんなものをいつまでも着ているわけにもいかないだろう。だから着替えたんだ。もう二度と会うこともないから、返すこともできない。だから捨てた。それが悪いことなのか」

ハナはじっとジュンをにらみつけるだけだ。

「こんな安物に……」

突然ハナがペディング・ベストをつかむと、いまにも泣き出しそうな声で訴えた。

「投げつけたのはわたしの間違いだったわ。安物だけど、わたしにとっては何着もない大切な服の一着なのよ。そんな大切なものを、あんたみたいな人に投げつけたのは間違いだったわ。もっと言いたいことはたくさんあるけど、時間の無駄だからやめておく。聞く耳を持たないんでしょ。わたしひとりで陰口をたたくわ。でも、最後に一言だけ。もう二度と、もう二度とあんたみたいなひどい人に出会うことがなければいいと思っているわ」

それだけ言うと、ハナはすたすたと歩き去った。

「待て、おい、待て」

ハナは歩き続ける。

駆け寄ったジュンがハナの腕をつかんだ。同時に、背の高い男がハナのもう一本の腕をつかんだ。

背の高い男が言った。

「何だ？」

ジュンが言い返す。

「おまえこそ何だ？」

ハナが顔を上げた。

「先輩！」

ハナがジュンの手を振り払った。

背の高い男がハナに訊いた。

「どうかしたのか」

「ううん、なんでもないの」

ジュンがつぶやいた。

「なんでもないだと」

それを聞いて、ハナがわざとゆっくりと言った。

「なんでもないから、行きましょう」

ハナが背の高い男の腕にすがりつくようにして立ち去っていく。ジュンは呆然とそれを見送っていた。

腹が立った。あんな小娘、と思いながらも、どうすることもできなかった。

ジュンはホテルに戻った。ジュンの姿を見て、チョ・スが飛び出してきた。スタッフとモデルがホテルの前のワゴン車でジュンを待っていた。

チョ・スが訊いた。

「室長、どうしますか。撮影の準備はできていますが」

「電話をしろ」

「え？」

「クライアントに電話をしろ。撮影場所が決まったと」

「あ、はい」

「それから今日の撮影は中止。明日の朝四時に集合」

それだけ言いおくと、ジュンは部屋に入り、シャワーを浴びた。シャワーから出ても、心は落ち着かなかった。

「撮影の準備でもするか」

わざと声に出して言う。カメラを手にして、富良野で撮影した写真を見ていく。

「こいつは最高だな」

自画自賛しながら写真を見ていたジュンの手が止まる。

カメラの画面にある画像は、ダイヤモンドスノーの中のハナ。カメラをおくと、ソファに身を投げ出した。

「おい、天下のソ・ジュンが何をやっているんだ？」

ソファの横には、ハナのために買ったワンピースの入ったショッピング・バッグがあった。ジュンはショッピング・バッグをつかむと、部屋を飛び出していった。

ハナはテソンと一緒に、携帯のアフターサービスセンターに行った。もうそろそろ修理ができている時間だった。ところが行ってみると、メイン・ボードが水に濡れてしまっているので修理は不可能だ、という話だった。ハナはがっくりと肩を落として、店を出た。

歩きながら、ハナはテソンに、誰に会うつもりだったか説明した。

「お母さんの初恋の人だったんだ」

「絶対に会っておきたかったんだけど……。だからあれほど必死になって携帯を取り戻そうとしたのに」

「苦労したみたいだな。ところで、おまえの初恋は、いつだったんだ?」

突然そんなことを訊かれて、ハナは困惑した。初恋の相手は、目の前にいる先輩です、と思いながら、ハナはこたえた。

「もう、先輩ったら。初恋を経験したように見えるの?」

「経験なしか。それは残念だな。ふふ、ダイヤモンドスノー、さっきの男と見たんだろ」

「あ、あれはなし。絶対になしなんだから」

「じゃあ、オムカレーを食べに行こうか」

「え?」

「富良野名物。食べたいって言っていたじゃないか」

ジュンと一緒に入った店にもう一度入ることになった。よりによって他の席は埋まっていて、さっきと同じ席に座ることになった。

食べたばかりなのでおなかは空いていなかったが、無理に食べた。

店を出ると、チャンスと待ち合わせて、トミタファームへ行った。そして夕方、予約していたペンションへ行った。

夕陽が美しかった。

その夕陽の中、ペンションの前に見たことのある赤い車が停まっていた。

そして車の前に、あの男が立っていた。

ペンションの中庭で、ジュンはハナと向き合っていた。

ハナが緊張した顔を上げた。

「いったい何の用なんですか。それに、どうしてここが……」

「それがいま重要なのか」

「だから、いったい何の用なの」

ジュンはただじっとハナを見つめることしかできなかった。稀代の女たらしとまでいわれたソ・ジュンが、こんな小娘の前で何もできないでいる。自分で自分が信じられなかった。

「いったい何なのよ」

「だから……」

「あやまるつもりなら……」

「おれは絶対にあやまらない」

「そう、なら好きにすればいいわ」

ハナがくるりとうしろを向いた。あわててジュンがその手をつかみ、ショッピング・バッグを押し付けた。

「何なの？」

「服」

「え？」

「おまえのセンスの悪い服を見ていられなくなって、一着買った」

「こんなもの、受け取ると思ったの？」

「いらないなら、捨てろ」

「捨てろですって。ほんとに捨てるのが好きね。わたしはいやよ」

ショッピング・バッグを返して、ハナが立ち去ろうとした。

ジュンはその腕をつかんだ。

ハナがこちらを向く。

ジュンはその顔をじっと見つめた。

「いったい、何なの？」

ため息をついてから、ジュンが口を開いた。

「いったい何をどうすれば、おまえは満足するんだ。考えてもみろよ。友達として付き合おうにも、レベルが違いすぎて、共通の話題もない。遊び相手としては退屈すぎる。連れ歩くには、ちょっとセンスがひどすぎて、バランスが取れない。どうしようもないじゃないか」

目を丸くして、ハナが言った。

「それ、つまり……、もしかして、わたしのことが好きって言っているの？」

じっとハナを見つめていたジュンが、突然腕を放すと、頭を抱えた。

「いったい何を言っているんだか。頭がおかしくなったんだ。帰らなくちゃ」

帰ろうとするのだが、帰ることもできない。

「何を言おうとしているのか自分でもわからない。どうしちまったんだ。何か悪いものでも食べたか。そう、時差だ。時差ぼけなんだ……」

そのときジュンの携帯が鳴り出した。

「まったくこんなときに」

チョ・スからだった。携帯に出ると、ジュンは「あとでかけろ」と怒鳴りつけた。しかしチョ・スの話は深刻で無視するわけにはいかなかった。管轄の警察署が撮影許可を出し渋っているのだと言う。八時までに責任者が行かなければ、明朝の撮影は無理だという話だった。ジュンはすぐに行く、と言って電話を切った。

急用ができたと察したハナが頭を下げた。

「それじゃわたしはこれで」

立ち去ろうとするハナに、ジュンは怒鳴りつけた。

「待ってろ」

「え？」

「すぐに戻るから待ってろ」

そう言いおくと、ハナの目の前にショッピング・バッグをおいて、ジュンは駆け去った。


ハナはショッピング・バッグを持ってペンションの部屋に入った。あんな男に待っていろと言われて素直に待つのもしゃくだったが、無視するわけにもいかない。

バッグを開いてみた。シースルーの白いワンピースが入っていた。

「こんなもの、どうやって着ろというのよ。中が丸見えじゃない」

値札を見て、ハナは奇声をあげた。信じられないほど高価だった。

バッグの中に名刺も入っていた。大きくジュン・スタジオと書いてあり、ソウルの住所と電話番号が記されている。

「ソ・ジュン……」

ハナは男の名前をつぶやいてみた。

バッグを部屋において外に出る。庭を散歩してから、ロビーのソファに腰かける。いろいろなことがあった一日だった。早く横になりたいという気持ちもあったが、とにかくあの男を待たなければならないと思った。

しかし男はなかなか姿をあらわさなかった。

警察署での交渉は、言葉の壁もあり難航したが、なんとか解決した。警察署を出たのは十一時過ぎだった。ジュンは車の助手席に座ると、目を閉じた。考えてみれば、昨夜はろくに寝ていない。そして一日中歩き回っていた。疲れていた。

チョ・スが訊いた。

「ホテルに戻るんですよね」

ジュンはどうしようか迷っていた。待っていろ、とは言ったが、ではもう一度会ってどうしようというのか。また先ほどのような無様な姿をさらすだけなのではないか、と思うと、あの娘に会う勇気が出てこなかった。

「ところで、もしかしてあの娘がどこに泊まっているかご存知ないですか」

「誰のことだ」

「ほら、温泉のあの娘。凍ったアヒル」

「どうしてそんなことを訊くんだ」

チョ・スがポケットから指輪を取り出した。

「これ、彼女のものなんです。クリーニングしているとき取り出したらしいんですが、渡すのを忘れてしまったそうで」

ジュンは指輪を受け取った。フリーマーケットででも売っているような手作りの指輪だった。

ジュンは彼女が泊まっているペンションの名をチョ・スに教えた。

ペンションに着くと、チョ・スも車から降りてきた。

「ぼくが返してきますよ。室長はとてもお疲れのようだから」

「いや、おれが行く」

その様子を見て、チョ・スがにやりと笑った。

「やっぱりあのとき、口説いていたんですね」

「何だと」

「泊まっているところを知っているのもおかしいと思っていたんですよ。でも、彼女、室長のタイプじゃないんじゃないですか。ちょっと純真すぎますよ」

「何を言っているんだ」

「もてあそぶつもりなら、やめておいたほうがいいです。かわいそうですよ」

「もてあそぶだと？　人聞きの悪い」

「なら、本気なんですか」

「本気なわけないだろ。あんな田舎娘。おい、ひと目でおれの好みじゃないってことはわかるだろ。いままでおれが付き合ってきた女と並べてみろよ。あんな小娘、比較にならない。ちょっとからかってやっただけだよ。だますのも簡単さ。何でもすぐ信じてしまう。ちょっと遊ぶにはちょうどいいかもしれないな。冗談を言っても本気にしてしまうし、機転は利かないし……」

「機転が利かなくて悪かったわね」

すぐうしろで声がした。ジュンはあわてて振り返った。目に涙をいっぱいにためたハナが立っていた。

「わたしをだますのは簡単かもしれないけど、ちょっと遊ぶというわけにはいかないわ。そんな経験はないから。田舎者で、何でもすぐに信じてしまうのよ。待ってろと言われて、あやまってくれるのかな、と錯覚して、眠いのも我慢して待っていたわ。錯覚ついでにもうひとつだけ言っておくわ。三秒でどんな女でも口説き落とすって言ったわよね。でも、わたしを口説き落とすことは永遠にできないわ。一秒でもあんたの顔を見るのには耐えられないからよ」

それだけ言うと、ハナはペンションの中に駆けていった。

ジュンはただ呆然とハナの後ろ姿を見送るだけだった。最悪の別れだった。こんなつもりではなかった。

翌朝、ダイヤモンドスノーの中での撮影は最高だった。

切なかった。これもすべて、彼女のおかげなのだが、礼を言うこともできない。

撮影が終わり、カメラの画像をチェックしていたチョ・スが言った。

「室長、これは何なんですか？」

うっとりとした表情でダイヤモンドスノーを見る、彼女の写真だった。

目を閉じると、ジュンは静かな声で言った。

「間違えて撮ったんだ。消しておけ」

第四章　雨の中の再会

ソウルの南、毎日のように趣きを一新するこの大都会の中にあって、旧市街の面影を残す一角に、小さな庭のついた瀟洒《しょうしゃ》な建物がある。ホワイトガーデンと名づけられたこの建物は、地上二階、地下一階で、庭にはかわいらしい小屋もある。正面には「ジュン・スタジオ」と書いた大きな看板が掲げられているが、スタジオとして使用しているのは地下だけで、一階は落ち着いた雰囲気のカフェになっており、その奥にはジュンの友人であるイ・ソノの診察室がある。ソノは内科医だが、普通の病院ではなくもっと患者に寄り添った医療行為がしたいと考え、このような診療所をやっているのだ。

ジュンとソノは父親同士が親しい友人であったという関係で、子供のころからの付き合いだった。ソノの父親、イ・ドンウクもやはり医者で、大きな総合病院の院長でもある。特に眼科では韓国有数の病院だった。

ジュンの父親、ソ・イナは韓国《ハングク》大学美術学科の教授をしているが、ジュンが子供のころ離婚をしており、もう十年以上ジュンは父親の顔を見ていない。

地下からジュンとチョ・スが上がってきた。ジュンがチョ・スに訊く。

「明日のモデルは誰だ」

チョ・スが顔をしかめた。

「あのイ・セヨンです。扱いにくい女みたいですよ。撮影が長引いたりすると、駄々をこねて大変だとか。もともと俳優の撮影はモデルよりも難しいものではあるんですがね。とにかくイ・セヨンの性格の悪さは有名ですよ」

「おれよりもか？」

「まさか、そんなはずはないでしょ。室長と比べればかわいいものですよ」

ジュンがにらみつけると、チョ・スが首をすくめた。

通りの向こうに、ダイヤモンドスノーの中、純白のドレスを着た女がたたずむ巨大な写真があった。それを見ながら、チョ・スが大声をあげた。

「しかしいつ見てもすばらしいですね。ソウルの街を歩くと、どこへ行ってもこの写真ですよ。大成功でしたね」

「余計なことを言っていないで、明日の準備、しっかりやっておけよ」

そう言いおくと、ジュンは外に出た。そのまま車でソウル南郊にある自宅に帰る。部屋に入ったジュンは、テーブルの上にあるワインを見て、大声をあげた。

「おばさん、どうしてワインが出ているんだ？」

家政婦を呼んだつもりが、ジュンの母、ヘジョンが三人の男を従えて出てきた。

「静かにしなさい」

三人の男は、ヘジョンの会社の役員のようだった。男たちが帰ると、ヘジョンがジュンの方を向いた。

「今日、大きな契約がまとまったので役員たちと乾杯したのよ。わたしは一滴も飲んでいないから安心して」

結婚生活の後半で趣味的にはじめたファッション関係の会社が大きく成長し、ヘジョンはその社長におさまっている。しかしヘジョンの私生活は幸福であったとはいえず、離婚後酒におぼれ、一時アルコール依存症の治療を受けるまでになっていた。

ソファに座ったヘジョンが言った。

「それでも、母親の心配をしてくれてはいるようね。何日も家に寄り付きもしなかったくせに」

「撮影が忙しかったんだ」

「いつまでそんなことをやっているつもりなの？　そろそろわたしの会社に入って手伝ってちょうだいよ」

「おれが会社に入ったら大変なことになるよ。おれが業界の問題児だって噂、聞いたことがあるだろ。スタジオの近くに部屋を借りようと思っているんだ。毎日家に帰るのが面倒くさいから」

「家を出るなんて、許しませんよ。ニューヨークにいたときも、なんだかんだと言って、夏休みに戻ってもこなかったじゃないの。やっと同じ屋根の下で暮らすことになったのに、出て行くなんて……。それより、お父さんに電話をしてみなさい」

「おやじに！」

「札幌での個展が終わって戻ってきているはずよ。ずいぶん忙しい思いをしていたみたい。ちょうどそのころ、おまえも日本に行っていたんじゃなかった？」

「もう三ヶ月も前の話だ」

「お父さん、おまえの顔を見るんだ、と言って、スケジュールを調整していたはずなんだけど」

「会えなかったよ。忙しかったんだ」

「今度、お父さんと三人で一緒に食事でも……」

「家を出るのを許さない理由はそれだったんだね。おれをだしにして、おやじに会うってわけだ」

「何てことを言うの！」

「疲れたから、寝るよ」

まだ何か言い足りないという顔をしているヘジョンを残して、ジュンはそのまま自分の部屋に飛び込んだ。

ベッドに腰を下ろして、ひとりつぶやく。

「三ヶ月か……」

いらいらした様子で、ジュンは自分の頭を叩いた。三ヶ月が過ぎたのに、あの名前も知らぬ小娘は自分の頭から消えようとしないのだ。もう二度と会うことはない、と思いながらも、あの無垢な笑顔が目に焼きついたままなのだ。

「ふうっ……」

ジュンは大きなため息をついた。

次の日の朝、ホワイトガーデンでチョ・スと合流し、雑誌社の専属スタジオに向かった。今日のモデルのイ・セヨンは一時間遅刻してきた。撮影は順調に進んだが、イ・セヨンが最後の衣装に着替えているとき、案の定マネージャーがやってきた。イ・セヨンの遅刻が原因であったが、すでに撮影の予定時間は過ぎようとしていた。

マネージャーがチョ・スに言った。

「さっきのが最後じゃないんですか。次の予定があるので、早くしてくださいよ」

「今度のがハイライトなんです。これを撮るためにいままで苦労してきたわけでして。あと三十分、三十分だけ我慢してください」

「十分！」

「そんな、ハイライトですよ。十分なんてとても無理です。お願いですから三十分」

「こちらの予定も考えてくださいよ。ドラマのスタッフが待ってるんです。十分でお願いします」

チョ・スとマネージャーとの言い争いを横目で見ながら、ジュンは立ち上がった。

「十分」

チョ・スがいぶかしげな顔を上げた。

「十分あれば充分だ。はじめるぞ。スタンバイ！」

驚いたイ・セヨンがスタッフに化粧の直しを命じた。いらいらした調子でジュンが言った。

「それくらいでいいだろ。早くしろ」

イ・セヨンが緊張した顔でライトの下に立った。

そのまま二度ほどシャッターを押すと、ジュンはカメラをチョ・スに手渡した。

「よし、終了」

呆然としているイ・セヨンやマネージャーをあとに、ジュンはスタジオを出て行った。

ロビーで待っていると、笑いを我慢しきれないという風情のチョ・スが出てきた。

「室長、イ・セヨンのあわてぶり、見せてあげたかったですね。変な顔に写っていたらどうするのよって。マネージャーも泣きそうな顔をしていましたよ。それで、言ってやったんです。こちらの予定も考えてくださいよって」

「うむ、お疲れ」

「しかし室長は天才ですね。適当に二カット撮っただけなのに、これ、傑作ですよ」

「おい、おれが適当に撮ったと思っているのか」

「え?」

「これこそが、渾身の力を込めた一発勝負。光、モデル、作家の魂がぶつかった真剣勝負なんだ」

チョ・スが首を振った。

「まったく、これだから話をしたくないんだよな」

「これこそが芸術なんだ。おい、こういうおれを見て勉強しろ」

あきれたような顔で、チョ・スがジュンを見た。

「おい、これからは制限時間を二分としようか。二分あれば充分だ」

「バカなことを言っていないで、帰りましょう」

荷物をまとめ、車に乗る。

「スタジオに直行ですね」

うなずいたジュンが訊いた。

「明日も撮影があるのか」

「もちろんですよ。ダイヤモンドスノー以来、室長の人気が爆発、ずっと先までスケジュールが詰まっていますからね」

「まったく」

「ところで、どうやってダイヤモンドスノーを見つけたんですか」

「それを詮索してどうするつもりなんだ」

「へへ……。あ、室長、知ってましたか？」

「何を」

「ふたりでダイヤモンドスノーを見ると恋に落ちるって話。あ、これ、広告のコピーに使えばぴったりじゃないかな」

「そんなのでたらめに決まっているじゃないか。つまらんことを言うな」

「もしかして、彼女と一緒に見たんですか」

「え？」

「凍ったアヒル。室長を振った彼女ですよ」

「振っただと」

「だって、一秒も室長の顔を見たくないって言っていたじゃないですか」

「うるさい」

「二度と会いたくないって」

「おい、チョ・ス。今度その話をしたら殺すぞ」

憤然とした表情でチョ・スが口を閉じた。

まったく人の気も知らないで、とジュンはチョ・スをにらみつけた。

ジュンの胸が切なくうずいていた。


オープン直前のカフェを、チャンモは満足げに見回していた。長い間の夢だった。中は、七十年代によくあった音楽喫茶そっくりの内装だった。看板には「セラヴィ」の文字がおどっている。チャンモの青春の舞台であったカフェの名前だ。

やはりクラシックな電話機を手に取ると、チャンモはダイヤルを回した。受話器から懐かしい声が聞こえてきた。いまは大病院の院長になっているドンウクだ。

「おお、チャンモか」

「来るだろ」

「なんだ急に。何の話だ」

「おい、忘れたのか。おれのカフェの開店パーティ！」

「忘れるわけないだろ。ところでイナは、日本から帰ってきたのか？」

「いまから電話するところだ。じゃあな。ビッグ・ニュースがあるから楽しみにしておけ」

「ビッグ・ニュース？」

「おお。会ったときに話すよ」

受話器をおくと、またダイヤルを回す。

「あ、チャンモさん。久しぶりね」

アパレルブランド、カザルの社長をしているヘジョンだ。イナと結婚をし、息子をひとり産んだが、十年以上前に離婚している。

「忙しそうだな。大きな黒字を出したって噂、聞いたぞ。ところで、来てくれるよな」

「もちろん行くわ。ドンウクさんには連絡した？」

「おう、あいつも来る。開店の祝いは……」

話の途中でヘジョンは電話を切ってしまった。

「まったく、自分の言いたいことだけ言うと切っちまうんだから。あの性格、一生直らないな」

チャンモは再びダイヤルを回した。

今度は韓国大学美術学科の教授をしているソ・イナだ。

「日本での個展、盛況だったらしいな。おめでとう」

「ありがとう。おまえのほうはどんな様子だ」

「もうすぐ開店パーティをやる。絶対に顔を出せよ。ドンウクやヘジョンも来る。四人が顔を合わせるの、ずいぶん久しぶりじゃないか。ドンウクは院長になって以来とんとご無沙汰になってしまったし、ヘジョンはヘジョンで連絡もくれない」

「まあ、会社が忙しいんだろう」

「そうだろうな。ところでイナ」

「なんだ?」

「キム・ユニを覚えているか」

電話越しに、イナが息を呑むのが感じられた。

「アメリカで死んだって話を聞いたのは、もうずいぶん昔のことだよな。いまでも思い出すか」

しばらく間をおいてから、イナがこたえた。

「もう昔のことじゃないか。何をいまさら」

「いや、久しぶりにみんなと話をしたんで、昔のことを思い出してな。じゃあ、開店パーティで会おう」

電話を切ってから、チャンモは首を振った。

「イナに教えるべきか……」

数日前、開店パーティの招待状を送るためにネットで卒業生名簿を検索していて、偶然見つけたことだった。アメリカで死んだとばかり思っていたキム・ユニが生きていて、ソウルに住んでいるのだ。

兵役を終えたイナはすぐにでもユニを探しにアメリカに行こうとしていたが、当局に監視されていたため、自由に出国できなかったという。チャンモは逃亡生活をしていたのでイナやドンウクと顔を合わせることもできなかった。

結局みなと自由に会うことができるようになったのは、百万人の市民が参加した一九八七年の六月民衆抗争とそれに続く民主化宣言のあとだった。再会したとき、イナはヘジョンと結婚していた。ユニはアメリカで死んだ、と聞かされた。

イナとヘジョンの離婚の原因はユニだった。ユニは死んでもイナの心から消えず、ヘジョンを苦しめ続けたのだ。

そのユニが生きているという。

話すべきか、黙っているべきか。

結論が出ぬまま、チャンモはビールの栓を抜いた。


ハナはテソンと一緒に、ソウルで部屋を探していた。

ハナの父はハナが子供のころに死んでしまったので、顔も知らない。腕のいいガーデナーだったという。ハナの母、キム・ユニは亡き夫の影響でガーデナーの仕事をはじめ、いまはソウルの南にある大きなリゾートに付属する植物園の副園長をしている。

日本で大学院を卒業したテソンはハナの母が奉職している植物園に就職した。ハナもその植物園で働くつもりだったのだが、母からもっと勉強をする必要がある、と言われ、韓国大学の大学院に通いはじめた。いまは母と一緒に、植物園に付属する社宅で暮らしているが、ソウルまで通うのは大変なので、ソウルに下宿することにしたのである。

しかしなかなか気に入った部屋は見つからない。手ごろな値段の部屋は環境が最悪だったし、なんとか住めそうだな、と思う部屋は高すぎて手が出ない。朝から歩き回っているのだが、まだ決めることができないでいる。いい加減疲れてきたハナが言った。

「ごめんね、先輩。わたしのために付き合わせて。会社の方は大丈夫なの？」

「そんな心配する必要はない。それより、早く部屋を決めないと困るんじゃないのか」

「大丈夫よ。部屋が見つからなければ、大学院なんか行かないで、先輩と一緒に植物園で働けばいいんだから」

「おい！」

「無理して大学院まで行く必要はないと思うんだけどな。植物園で働くつもりで韓国に戻ってきたのに」

「なら、ぼくが大学院に行こうか」

「わたしと一緒に！　うん、それ最高！　大賛成」

「ははは……。今日は仕事を早めに切り上げて家に行くよ。少し大変だけれど、植物園でアルバイトをしながら学校に通ったらどうかって話してみる」

「うん、そうして。あ、もうこんな時間、先輩、早く行かなくちゃ」

「トラック、運転して帰れるな」

「任せてよ」

「じゃあ」

手を振ってテソンを見送ると、ハナは道を横断した。その向こうに植物園の軽トラックを停めてある。

ハナが顔を上げた。目の前に大きな看板がある。ダイヤモンドスノーの中にたたずむ白いドレスの女。ジュエリーの広告だ。

ハナはぎりぎりっと歯ぎしりをした。

「ダイヤモンドスノー、先輩と見なければいけなかったのに」

唇を噛みしめて足を進める。

フライヤーを配っていた。何の気なしに受け取ってそれを見たハナは悲鳴をあげた。

「これ、わたし！」

恍惚とした表情でダイヤモンドスノーを見つめるハナの顔がそこにあった。

「あいつ！」

ハナは軽トラックに飛び乗ると、助手席のところにあったかばんの中に手を突っ込んだ。しかし目的のものは見つからない。

探しても出てこないので、かばんをひっくり返し、中身をそこにぶちまけた。

くしゃくしゃになった領収書。

食べかけの菓子。

ビンに入ったサンプルの土。

植物の種の入った封筒。

表紙が破けた漫画。

小さなシャベル。

その下に目的のものがあった。

「ジュン・スタジオ」と書かれた名刺だ。

電話をかけようとして、ハナは手を止めた。あの男との間に起こった忌々《いまいま》しい事件の数々が思い起こされる。このことで抗議したところで、謝罪はおろか、逆にこっちが悪者にされかねない。あの男なら絶対にそうするはずだ。

「ここは我慢。あんな男の顔を見るより……」

そう言いながら、ハナはエンジンをかけた。しかし悔しくて、涙があふれ出てくる。

「まったく、許可もなくひとの写真を使うなんて……。でも我慢しなくちゃ。あんな男ともう一度ぶつかるよりは……」

目の前で何人かのアルバイトが、ハナの顔が印刷されたフライヤーを配っていた。受け取る人もいるが、その場で捨ててしまう人もいる。地面に落ちたフライヤーが踏みつけられる。

「だめ、だめ、わたしの顔!」

自分の顔がたくさんの足に踏みつけられるのを見て、ハナはギアを入れた。

「もう我慢できないわ」

トラックをUターンさせ、名刺に書いてある住所に向かう。

住所地にあったのは、住宅街には珍しい庭付きの瀟洒な建物だった。

「絶対に許さないから」

つぶやきながら、扉を開く。ハナは声の限りに叫んだ。

「やい、ソ・ジュン！」

ハナは目を丸くした。

そこは明るい雰囲気の現代的なカフェだった。もちろんソ・ジュンの姿は見えない。恥ずかしくなったハナは扉を閉じて外に出た。あらためて看板を見る。そこにははっきりと、ジュン・スタジオと書いてある。

「地下なんですよ」

驚いて振り向くと、エプロンをしたカフェの店員が立っていた。

「一階がカフェと病院で、ソ室長のスタジオは地下なんです。ところが、うちの先生がやさしいのをいいことに、ソ室長が勝手にこんなにでっかい看板を付けてしまったんです。そのせいでスタジオを訪ねてきた客もみんなこっちに来てしまって。それに、ソ室長、ああいう性格だから、誰かが怒鳴り込んでくるっていうのも珍しいことではないんです。ほんと、困っているんです」

ハナは頭を下げた。

「ごめんなさい」

「こっちにどうぞ」

店員が階段まで案内してくれた。

「この下がスタジオです」

それを聞くなり、ハナは階段を駆け下りた。扉を開く。

「こら、ソ・ジュン!」

しかしスタジオの中は誰もいなかった。店員が階段を下りてきた。

「今日は雑誌社のスタジオに行っています。そう言おうとしたのに……。ところで、どういう用件ですか」

ハナは一瞬ためらったが、自分の顔が写っているフライヤーを店員に差し出した。

「わたしの許可もなしに、わたしの写真を勝手に使ったんです。こんなひどい話ってないでしょ」

にやっと笑って、店員が言った。

「告訴しますか?」

「え、いえ、そんな」

告訴などということは考えもしなかったが、もしかしたら告訴に値することなのかもしれない。

とにかく外で待つことにした。

きちんと手入れをすれば美しい庭になると思えるのに、荒れ放題だった。ハナは枯れた草に手を伸ばした。

「かわいそうに、枯れてしまって」

土を靴で掘り起こしてみる。

「土壌もあまりよくないわね」

ふと目を上げると、庭の隅にかわいらしい外観の小屋があった。母屋の現代的な雰囲気とは違い、ちょっとこの場にはふさわしくない雰囲気をかもし出している。

中をのぞいてみる。物置として使われているようだ。扉に鍵はかかっていなかった。ハナはそっと扉を押して中に入った。奥に入ったハナは、ぎょっとして足を止めた。ソファで男の人が寝ている。ハナは男の人を起こさないようにそっと外に出ようとしたが、その瞬間、寝ぼけたその男の人がハナを捕まえるではないか。

「キャッ」

悲鳴をあげて逃げようとするが、男の人はものすごい力で引っ張り込もうとする。もみあっていると、扉が開いた。

「何をやっているんだ」

飛び込んできたのはあの男、ソ・ジュンだった。

ジュンがハナを指差した。

「あ、おまえ！」

ハナもジュンを指差した。するとジュンがその手をつかみ、ハナを小屋の外に引っ張り出した。

ハナはジュンの手を振り払った。

「放してよ。痛いじゃないの」

「おまえ、なんでここにいるんだ。一秒もおれの顔を見たくないんじゃなかったのか。そもそもどうしてスタジオの住所を知っているんだ。ずいぶんおれのことを調べたみたいだな」

「なにバカなことを言っているのよ。あんたに会いたくて来たと思っているの？」

そう言いながら、ハナはフライヤーを差し出した。

「何だ、これ？」

「見ればわかるわ」

フライヤーを見たジュンが目を丸くした。

「こ、これは……」

「ひとの写真を無断で使っておいて、しらばっくれるつもり？」

ジュンが大声をあげた。

「チョ・ス、どこだ、チョ・ス」

チョ・スが駆けつけてきた。

「何ですか、室長！」

「これは何だ」

フライヤーを見てチョ・スがなにやら言い訳をする。怒ったジュンがフライヤーをくしゃくしゃにすると、地面に投げつけた。

とにかくどういうことになっているのか調べるというので、ハナはスタジオの中で待つことになった。ジュンが投げ捨てたフライヤーを拾うと、中に入り、テーブルの上でそのフライヤーのしわを伸ばしていった。

「いくら自分の写真だからといって、ひとの顔をくしゃくしゃにするなんて。しらばくれるつもりらしいけど、絶対に許さないから……」

チョ・スがクライアントに電話をしている間、ジュンはカフェのテーブルに座って待った。

先ほどまで庭の小屋で昼寝をしていたソノが話しかけてきた。

「おい、誰なんだ？」

「誰って……」

エプロンを着けたインソンが口を挟んだ。インソンはカフェを任されており、最初にハナに話しかけた男だ。

「写真を無断で使われたって、抗議しに来たんですよ」

「おれのせいじゃない」

にやりと笑ったソノが訊いた。

「おまえのせいじゃないってのはわかったが、そもそもどうしてあの娘の写真を撮ったんだ」

インソンがハナの方を見ながら言った。

「モデルには見えないけど……」

「当たり前だろ。あんなのがモデルか」

ソノがしつこく訊いてきた。

「だからどうして彼女を撮ったんだよ」

「何が言いたいんだ」

「おまえ、プロのモデル以外は絶対に撮ろうとはしないじゃないか」

憤然とした表情でジュンがこたえた。

「そんなことはない」

電話を終えたチョ・スが戻ってきた。

「いったいどうなっているんだ」

「それが……。クライアントがあの写真、気に入ってしまったらしくて……」

「そうだろうよ、あのクライアント、悪趣味だからな。それで」

「こっちが渡したデータの中にあの写真も入っていたらしいんです。それを使っただけなのに、どうして今頃文句を言うのかって」

「おい、そんな話、通用すると思っているのか」

「でも、向こうの言い分も筋が通っていますよ。自分たちの金で撮らせた写真なんだから、フライヤーに使おうが看板にしようが、それは向こうの自由なはずで……」

「まったく。ところでおまえ、あの写真、消しておくように言ったはずだぞ」

「あ、あの……、消そうとは思ったんですが、不思議に思ったので」

「何だと！」

「室長はプロのモデルしか撮らないじゃないですか。それなのに彼女の写真を撮ったので、とても不思議に思って……」

ほらな、という顔でソノがジュンを見つめている。ジュンが言い訳をした。

「そういうんじゃないんだって」

それに対して、チョ・スが説明を加えた。

「あのですね、日本で室長が、あの娘《こ》に振られたんです」

ソノが頓狂《とんきょう》な声を出した。

「ジュンが振られた！」

ジュンがチョ・スの頭を叩いた。

「話が逆だ。おれのほうが振ったんだ。それなのにおれのことが忘れられなくて、こんなところまで訪ねてきて、迷惑千万だ。ま、とにかく話をつけてくる」

スタジオの中に入るとハナが立ち上がった。

「いったいどういうことなんです」

二度と会えないと思っていたのに、向こうのほうから訪ねてきてくれたのだ。ジュンは飛び上がるほどうれしかった。しかしそんな様子はおくびにも出さなかった。視線をそらし、わざとハナを怒らせるようなことを言う。

「知らないね。クライアントが勝手にやったことだ。おれは関係ない」

「ええ！」

「おれも被害者なんだ。業界の連中はおれがこの広告を担当しているってことを熟知している。フライヤー一枚といっても、あんな写真が出回って、おれも迷惑しているんだ」

「あんな写真って……。勝手にわたしの写真を撮るから悪いんでしょ」

「おまえを撮った覚えはないね。おまえのうしろにあったダイヤモンドスノーを撮ったんだ。まったく、勝手にひとの写真の中に入り込んでめちゃくちゃにしたくせに。おれが悪いのか、おまえが悪いのか、よく考えてみろ。とにかく、おれの責任じゃない」

「じゃあ誰の責任だって言うのよ。少なくても、写していいか訊くぐらいするべきでしょう」

「たとえばマディソン郡の橋が気に入ってそれを撮ったとしよう。そこにたまたまアヒルが泳いでいた。さて、おれはアヒルに許可をもらわなければならないのか。空があまりに美しいので写真に撮った。そこにチョウチョが飛んできた。さて、おれはチョウチョに写していいか聞くべきなのか」

絶句したハナがジュンをにらみつける。ジュンもまたハナをにらみつけた。

ハナが言った。

「責任を取ってちょうだい」

「無理だね」

「フライヤーを回収して」

「やりたければ勝手にやれば」

「ひどい、本当にひどいわ」

ハナの目から涙があふれ出そうだ。

「ごめんの一言ぐらい言えないの？」

「おれ、絶対にごめんって言わない主義なんだ。前にもそう言ったことがあったよな」

うつむいたハナが泣きそうな声で言った。

「見られたら困るのに……」

「ほお、いったい誰に見られたくないんだ」

そう言いながら、ジュンは北海道でハナを連れ去ったあの背の高い男を思い出していた。その男の顔を思い出すと、さらに憎まれ口が飛び出してきた。

「しかし笑っちゃうな。一秒でもおれの顔を見たくない、と啖呵《たんか》を切ったじゃないか。文句を言いに来るときはいいのか。もう一秒以上経っているんだけどな。おまえにとって言葉っていうのはそれほど重みのないものなのか。プライドってものはないのか。それとも金でもむしり取ろうって魂胆か」

泣きべそをかいたハナが逃げるように出て行った。その後ろ姿を見ながら、ジュンは自己嫌悪におちいっていた。

ハナに再会できてうれしかったのだ。それなのに、どうしてやさしい言葉のひとつもかけてやれなかったのか。そう思うことでさらにいらいらがつのってきた。どうしてソ・ジュンともあろう者が、あの小娘にこれほど神経を遣わなければならないのか。

ジュンはチョ・スを連れてクライアントのところに向かった。ハナの写真が使われたフライヤーを差し出すと、クライアントはにっこりと笑った。

「見たのかね」

「見たから来たんです。勝手にひとの写真を……」

しかしクライアントはジュンに最後まで言わせなかった。

「いやあ、通じ合うものがあるようですな。そうでなくてもこのモデルのことが気になってしかたがなかったんです。いったいこのモデル、誰なんですか。一度会ってみたいですな。電話番号を教えてください。すぐに連絡してみましょう」

「冗談はよしてください」

ジュンのうしろにいたチョ・スが付け加えた。

「無断で写真を使われたって、このモデルから抗議されたばかりなのです」

それを受けてジュンがまくし立てた。

「抗議するのは当然でしょう。おれだったとしても抗議しますよ。許可も得ないまま勝手に写真を撮られたらたまりませんからね。自分が知らないうちに自分の顔が印刷されて街中にばら撒かれるなんて、耐え難いことでしょう」

「ふうむ。ということは、わたしから謝罪する必要があるのかね」

「当然謝罪すべきです」

「まあ、そういうことなら謝罪しましょう」

「そしてフライヤーを回収してください」

「それは、ちょっと……」

「できないって言うんですか」

「まあ、話を聞きなさい。このモデルを見た瞬間、わたしは霊感に打たれたんですよ。シンデレラを知っていますよね。魔法の杖を振ると、灰まみれのシンデレラが王女さまに変身する。すべての女性のロマンですね。わが社のジュエリーを身に着けた瞬間、どんくさい田舎娘が洗練された都会の女に変身する。ソ室長とわたしで、歴史に残る作品を作ろうではないですか。早くこのモデルに連絡をしてください」

　チョ・スが必死に止めるので怒鳴りつけるのだけは我慢したが、ジュンはクライアントの提案を蹴飛ばして、飛び出してきた。

　帰りの車中で、チョ・スがジュンの顔色をうかがいながら、遠慮がちに言った。

「本当にやらないんですか」

「やらない。おれはやらないと言ったら絶対にやらない。わかっているだろう」

「口があるんだから、あの娘《こ》に、一緒にやろうって一言いえばすむことなのに……。でも、ちょっと見直しました」

「何が？」

「室長があの娘の弁護をしていたじゃないですか。室長が誰かのために何かをするのを見るのは初めてなので……」

「うるさい。別に弁護したわけではない」

　しばらく静かに運転していたチョ・スが、ジュンがおとなしくなったのを見て、再び口を開いた。

「断ると、閑古鳥が鳴きますよ。会社がつぶれても、最後まで室長についていくつもりです。最後の最後になったら、おやじの写真館で働くってのはどうですか。証明写真とかを撮るんです。老若男女を問わず、モデルの範囲も広がるし……」

「おい、いい加減にしろ」

ジュンが怒鳴りつける。チョ・スはふてくされた表情で、運転に集中した。

ホワイトガーデンを出たハナは軽トラックで植物園に向かった。考えれば考えるほど、腹が立ってしかたがない。

「あいつがどんなやつだかわかっていたじゃない。行かなきゃよかったのよ。あのエゴイスト！」

運転しながら、大声で悪口を言ったら、気が晴れてきた。あんな人間の屑のために涙を流すこと自体、ばからしく思えてきた。

植物園に戻り、母と一緒に社宅に帰って、夕食の支度をする。日が暮れるころ、約束どおりテソンがやってきた。

テソンがユニに紙の箱を渡す。

「副園長の好きなケーキです」

「まあ、気を遣わなくてもいいのに」

ハナがテソンに言った。

「わたしには？」

「ぼくがプレゼントだ」

食事をしながら、テソンがユニに言った。

「ハナのことなんですが、ソウルで一人暮らしするっていうのは、ちょっと心配ではないですか」

　ユニはすぐに、ハナがテソンに援護射撃を頼んだと気づいたようだ。

「ハナ、テソンを味方にしたってわけね。テソン、ごめんなさいね。でもだめよ。ここからソウルまで何時間かかると思っているの。通うのなんか無理よ」

「ぼくが送り迎えしますよ」

「そんなの無理に決まっているでしょ。植物園の仕事もあるんだから」

　ハナが甘えた声で訴えた。

「お母さん、そんなにわたしと別れて住みたいの。お母さんと一緒に暮らしたいと思って韓国に戻ってきたのに」

「だから予定どおり日本で大学院に進学すればよかったのよ」

「ねえ、ここで暮らせば、余った時間に植物園でアルバイトをすればいいでしょ。お母さんの仕事を手伝うわ」

「植物園があなたを雇ってくれるかしら」

　テソンが口を挟んだ。

「その点なら心配ありません。いくらでも就職できますよ」

　就職したばかりの職員であるテソンがそんなことを言うので、ユニが不思議そうな顔をした。笑いながらテソンが説明した。

「高校のときからずっとアルバイトをしてきたから、人脈があるんです」

　ハナが言った。

「それもそうね。お母さんが就職したのも、テソン先輩の紹介だったものね」

「とにかく、ここから通うというのはだめよ。さあ、食べ終わったら、立ちなさい」

洗い物をしていると、ユニが耳元でささやいた。

「正直に白状しなさい。ソウルに行くのをいやがっているのは、わたしのせいじゃなくて、テソンのせいなんでしょ」

頬を赤くしながらハナがこたえた。

「いやだ、お母さん。そんなんじゃないわよ」

そのとき、テーブルの上の郵便物を見ていたテソンが言った。

「あ、副園長も韓国大学の出身なんですね」

大学からの通信物らしい。ハナはあわててテソンのところへ行きながら、ユニに説明した。

「あ、わたしがテソン先輩に教えてあげたのよ。お母さんと同じ大学だって」

笑いながらユニが言った。

「二年ぐらいしか通えなかったけどね。アメリカに行くことになってしまって……」

片づけが終わると、ハナはテソンと一緒に社宅を出た。歩きながら、学校から連絡が来たことについて説明した。

「学校に登録したついでに、インターネットの同窓会名簿にうちの住所を載せたのよ。ただそれだけ。日本で会おうとしていた、お母さんの初恋の人、同じ韓国大学出身なの」

「そういうことなら、副園長に言うべきなんじゃないのか」

「秘密！　お母さんは、わたしが初恋の人について知っているってこと、知らないもの。何年か前、偶然お母さんの日記帳を読んだのよ。ふたり、もう一度会えればいいのに」

「わかった。ぼくも秘密を守るよ」

社宅の方を振り返りながら、テソンが言った。

「そろそろ家に戻ったほうがいい。寒いから」

ハナが首を振った。

「もうちょっと。あそこまで行くわ」

「そうか。でも、こうして歩いていると、何かうれしくなるな。昔から、おまえみたいな妹がいたらいいなって思っていたんだ」

ハナは口の中で小さく、妹じゃなく、とつぶやいていた。

ヘジョンの会社の前で待っていると、音もなく高級車が近づいてきた。運転しているのはヘジョンだ。

「待たせたかしら」

イナは首を振った。

「いや、ぼくもいま来たところだ」

「乗りなさいよ。わたしの車で行きましょう」

運転席のほうに回りながら、イナが言った。

「ぼくが運転しよう」

車を発進させる。助手席に座ったヘジョンは、雑誌に載ったジュンの写真を見ていた。

「あなた、ジュンの写真、見たことある」

「ああ、なかなかいいできだったよ」

「まだこんな子供の遊びみたいなことに夢中になって……」

「やりたいことをやらせておけばいい」

「あなたに似たみたいね。やりたいことだけやって、生きているんだから。もうわたしはあの子に何も言いませんよ。言っても馬の耳に念仏なんだから。最近は家にも寄り付かないありさま。三人で一緒に食事でもしましょうよ。あなたから話をしてくれませんか。あなたの話なら、聞くみたいだから」

返事ができないまま、イナは黙って運転をしていた。しばらくして、またヘジョンが口を開いた。

「あなたの声、どこかに出張に行ってしまったのかしら。あなたの声を聞くのもひと苦労なんだから。この車に乗ってから、一度もわたしの顔を見ていないのよ。気づいていました？」

しかたなくイナはヘジョンの方を向いた。

「疲れているみたいだな」

「そうでもないわ。最近忙しいのは事実だけれど。お酒もずっと飲んでいないわ」

「付き合っている人がいると聞いたぞ。再婚すればどうだ」

「結婚なんて一度で充分よ。あなたこそ誰かいるんじゃないの」

「そんなはずはないこと、よく知っているじゃないか。ぼくはひとりが好きなんだ」

「わかっているわよ。充分すぎるほど。遅れるわ。少し急いだほうがいいわね。チャンモさんが待ちくたびれているわ」

チャンモのカフェ「セラヴィ」の開店パーティは盛況だった。ほとんど座るところもない状態だったが、イナとヘジョンの席だけはチャンモが用意していてくれた。

イナとヘジョンが顔を出すと、ドンウクとチャンモが満面の笑みで迎えてくれた。お姫さまでも迎えるように大仰な動作でヘジョンを案内したドンウクが言った。

「ヘジョンはいつまでもお姫さまだな」

チャンモがまぜっかえす。

「お姫さまじゃない。王妃さまだ」

にこにこしながらヘジョンが席に着いた。まわりを見回しながらドンウクが言った。

「完全に復古調だな。七〇年代そのものだ」

チャンモが自慢げに言った。

「この雰囲気を出すために苦労したんだぞ」

ヘジョンが頓狂な声をあげた。壁の写真を指差している。

「あ、あれわたしたちの写真でしょ。いつ撮ったものなのかな？　でも、ひとの写真を勝手に使うなんて、ちょっとひどいわよ」

学生時代のチャンモ、イナ、ドンウクを中心に、ヘジョンやインスクの姿も見える。そしてユニも。

写真を見ながらチャンモが言った。

「あのころから比べると、おれたちもずいぶん変わったな」

ドンウクがうなずいた。

「この腹を見てみろ」

イナを見ながらヘジョンが言った。

「あの頃はあなたもよく笑ったわよね。とてもやさしかったし……」

チャンモがうなずく。

「そうだよな。最近こいつが笑うのを見たことないが。あ、そうだ、ドンウク。おまえの息子、この近くで診療所を開いたんだろ。幾度か前を通ったぞ」

首を振りながらドンウクが言った。

「まったく何を考えているのやら。病院を継がせるために医大に行かせたのに、わけのわからんカフェなんか作りやがって」

「カフェが悪いのか」

「おまえの悪影響だ」

イナが口を挟んだ。

「しかし地域に密着した医療をやりたいというソノの考えは立派じゃないか」

ヘジョンが言った。

「子供なんてみんなそうよ。うちの子も、親の言うことなんか聞かないんだから」

うなずきながらチャンモが言った。

「そういう面倒くさいことがいやだから、おれは結婚しなかったんだ。今日、子供たちも呼ぼうかと思ったんだが、親たちと悶着があったら困ると思って、やめておいたよ」

ドンウクが言った。

「うん、それが正解だよ」

話は尽きない。そのうち、久しぶりに歌おう、ということになり、三人でギターを持って舞台に立った。

くらい雨が降ってくると
軒の下にひとり　泣きながら立っている
あの澄んだ瞳に　雨水がやどれば
うむ　美しい彼は人なのだ

強い風が吹いてくると
広野をひとり　駆けていく
あの熱い胸に　風を抱きしめれば
うむ　美しい彼は人なのだ

真白な雪が降ってくると
山の上にひとり　すっくと立っている
あのやさしい心に　歌が響けば
うむ　美しい彼は人なのだ
美しい彼は人なのだ

金敏基《キムミンギ》の「美しい人」だ。いま思えばどうしてこれが、と思えてならないが、これも禁止歌謡だった。あのころ、こうやってカフェで歌うことも許されなかったのだ。

何曲か歌ったところで、チャンモは厨房に向かった。用を済ませて出てくると、うっとりとした顔で舞台を見つめているヘジョンが目に付いた。舞台の上にいるのはイナとドンウクだが、ヘジョンが見つめているのはもちろんイナのほうだ。

からかうような調子でチャンモが言った。

「そんなに熱い視線を送るぐらいなら、なんで離婚なんかしたんだ」

「もう離婚して十年よ。熱い視線もないもんだわ。ところで、話って何？」

チャンモがいぶかしげな顔をした。

「忘れたの？　ビッグ・ニュースがあるって言っていたじゃない」

チャンモがちらりとイナの方を見た。

「あの人のこと?」

「いや、まあ……。イナひとりに知らせるべきか、みんないるところで話すべきか、迷っているんだが……」

「なら、まずわたしに話してよ」

「どうして」

「あの人が最初に聞くべき話だったら、わたしが聞いてもいいでしょ」

「ううむ……。まあ、おまえが最初に聞くべき話かもしれないが……」

「だから、何なのよ」

チャンモはそこで深く息を吸った。

「開店パーティの招待状を出すために卒業生の名簿を見ていて偶然知ったんだが……」

「誰のこと……」

「ユニ」

「え?」

「キム・ユニ。イナも含めて、みんな、ユニはアメリカで死んだと思っている。ところが、生きていたんだ。いま、ソウルに暮らしているんだ」

それを聞いて、ヘジョンが倒れかかり、酒のビンを落としてしまった。舞台のイナとドンウクが立ち上がった。

ヘジョンが大声で言った。

「大丈夫よ。来ないでもいいわ」

再びイナとドンウクが歌いはじめる。

落ち着きを取り戻したヘジョンに、チャンモが言った。

「おれも最初は驚いたさ。だから、とにかくイナに話そうと思ったんだが……」

「話さないで」

「え？」

「お願いだから、話さないで」

「でも、イナも知っておくべきだろう。ずっと黙っているわけにもいかないし」

「ずっととは言わないわ。でも、いまは秘密にして。わたしが心の整理をするまで。お願い」

下を向いて考え込んでいたチャンモが、ヘジョンの顔を見ながら、小さくうなずいた。


ハナの登場で完全に調子がくるってしまった。仕事にも手がつかない。ジュンは悪友を呼び出し、クラブに飲みに行った。イイ女を連れてこい、と言っておいたので、なかなかの美人がひとりくっついてきた。服のセンスもかなりのものだ。ジュンの好みをよく知っている悪友が選んだ女だけのことはある。いつものジュンなら、それこそ秘術を繰り出して、三秒で口説き落とすところだったが、今日はそんな気分になれなかった。

飲みながら悪友が言った。

「どこへ行ってもおまえの写真ばかりだな。とうとうソ・ジュンの時代が来たって雰囲気じゃないか」

　女が身を寄せてきた。

「こんなにかっこいいフォトグラファー、初めてだわ。センスも抜群！　この服、着こなすの、難しいのに」

　それでもジュンは軽口ひとつ返すことができなかった。悪友が言った。

「おい、どうしたんだ。どこか具合でも悪いのか」

「いや、ちょっと考えごとをしていたんだ。さあ、飲もう、飲もう」

　グラスを上げたが、ジュンはウイスキーを少し舐《な》めただけでテーブルにおいた。もともと酒に強いほうではない。しかし今日は、本当に調子が悪い。

　ジュンが沈んでいるので、悪友と女が踊りに行ってしまった。ウイスキーを舐めながらいろいろ考えてみるのだが、考えをまとめることはできない。

　女が戻ってきた。

「どんな女が好き？」

「まずは美人でなければな。背は高くなくてもいいが、バランスが大切だ。服を着こなすだけのセンスがあり……」

「それ、わたしのことでしょ」

「おまえ、オペラのアリア、好きか？」

「え？」

「美術、音楽、ファッションについて、おれと同じレベルで話ができなきゃだめだ。別れるときはクールで……」

女があきれたような顔をしている。

ジュンの頭の中では、いま言ったことと正反対の女が、険しい顔をしてジュンをにらみつけていた。無造作に結んだ髪、そのまま地面を転がってもまるで問題になりそうもないどんくさい服……。

ジュンは立ち上がった。

「頭がおかしくなっちまったみたいだ」

女をおいて、クラブを飛び出した。夜の街を歩いていると、携帯が鳴った。チョ・スからだった。

「なんだ？」

「クライアントが、替えると言っているんです」

「そうだろ。いくら考えても、あの話は無理だよな」

「そうじゃないんです。作家を替えるって」

「なんだと？」

「室長が絶対だめだと言い張るものだから、写真作家を替えると言い出したんですよ。オ・ジュンソクに」

「誰だって！」

「室長のライバル、オ・ジュンソク。オ・ジュンソクが彼女の写真を見て、気に入ったと言ったそうですよ。それでこっちに、電話番号を教えてくれって連絡があったんですが……」

「それで、教えたのか」

「インソンさんが彼女の住所と電話番号を控えていたので、それを教えようかと思ったんですが、まだいまのところは……」

「だめだ。絶対にだめだ。オ・ジュンソクの野郎、とんでもない女たらしだからな。絶対に教えたらだめだぞ」

　ホワイトガーデンに直行したジュンは、インソンからハナの住所と電話番号を聞き出した。もう選択の余地はない。そのままハナのところに行こうとしたが、さすがにもう夜中なのでやめておけ、というインソンの説得に折れ、明日の朝行くことにした。


　今日は大学院の授業もなく、ソウルに用もないので、ハナは植物園で手伝いをすることにした。花に肥料をやって、ふと顔を上げると、スーツを着たテソンが渡り廊下に立っているのが見えた。誰かを待っているらしい。いつもはラフな格好のテソンしか見たことがないので、ちょっと新鮮な印象だ。ハナは携帯を取り出し、写真を撮ろうとした。ところがいざシャッターを押そうとした瞬間、見知らぬ若い女がフレームの中に入ってきた。テソンが待っていたのはその女性らしい。ふたりはそのまま立ち去ってしまった。

　肥料をやり終えると、今度は苗の移し替えだった。しばらくして、作業着に着替えたテソンがやってきて、ハナの隣で作業をはじめた。

　ふたりを見ながら、向かい側で作業をしていた年配の職員が言った。

「ふたりは恋人同士か」

「え？」

驚いたハナが顔を上げた。

「いや、ふたりいつも一緒だから、付き合っているのかな、と思ってな」

ハナは手を振った。

「違いますよ。日本で一緒に勉強したから、親しくなっただけです。先輩はわたしのタイプじゃないし……」

「そうか」

立ち上がった職員がテソンに命じた。

「テソン、これを向こうに運んでくれ」

「はい」

作業を終えたテソンがハナに声をかけた。

「ハナ、飯にしよう」

うなずいて、ハナは温室を飛び出した。歩きながらテソンが言った。

「ぼくはおまえのタイプじゃないのか」

「そんな、先輩は絶対、わたしのタイプよ」

言ってしまって、ハナは頬を紅潮させた。ふと、携帯を忘れてきたことを思い出した。

「携帯忘れてきちゃった。取ってくるから、ちょっと待ってて」

温室の中に戻る。温室の中では、さっきの職員を含め、何人かがハナとテソンの噂話をしていた。ハナは思わず聞き耳を立てた。

「そんなはずないって。テソンには恋人がいるんだから。留学に行く前も、何度か訪ねてきたの見たじゃないの」

「別れたんじゃないの」

「とんでもない。ひと月ほど前にも来たわ」

「ハナがかわいそうだわ。ハナ、テソンのことが大好きみたいだから」

「そうなの？」

ハナはその場を離れることができず、呆然と立ち尽くしていた。いつのまにかテソンが横に立っていた。テソンも話を聞いたのだろうか。

震える声で、ハナは言った。

「お母さんに頼まれたことがあったの、忘れてた。わたし、先に行くね」

テソンの返事も待たず、温室を駆け去る。

あてもなく駆けた。駆けながら、泣いた。バカ、バカと自分をののしった。ずっと一緒にいたのに、なんで気がつかなかったの。

「何をしているんだ？」

突然の声に、ハナは驚いて振り向いた。あの男、ソ・ジュンが立っていた。

「おまえ、泣いているのか。しかしここに来るやいなやおまえにぶつかるとは、おまえとおれは運命の赤い糸で結ばれているのかもしれないな」

「何しに、ここまで？」

「おまえのせいだ。どうしておまえは、もう一度抗議しに来ないんだ。当然来るべきだろう。そうすればおれが来る必要もなかったんだ。おまえは自分の権利が無残に蹂躙《じゅうりん》されても、そのまま泣き寝入りするつもりなのか。だからおまえは、チョロい女だと思われてしまうんだよ」

泣きながら、ハナは怒鳴った。

腹が立った。どうしてこんなことを言われなければならないのか。それも、こんなときに。

「またいじめるんだから。わたしのどこがチョロいのよ。どうしてそんなことばかり言うの。いったい何様のつもりよ！」

「おまえ、何かあったのか」

「用件は何なの？」

「え？」

「用があるから来たんでしょ。そうじゃなければあんたがここまで来るはずないじゃない。そうよ、わたしはバカでとんまで、だまされやすくて、何でも信じてしまう、チョロい女よ。だから言ってみなさいよ。いったい何が望みなのよ」

ひと呼吸おいて、ジュンがぼそりと言った。

「ごめん」

ハナが目を丸くした。

「ごめん。だから、すまなかった。日本で雪の中を引きずり回したのも、ひどいことばかり言ったのも、フライヤーにおまえの写真が使われたのも、みんなおれが悪かった。ごめん」

また涙があふれてきた。

「これでいいか」

涙が止まらない。

「あやまっているのに、どうしてまた泣くんだよ」

しゃくりあげながら、ハナが言った。

「すっきりしたから泣いているのよ」

とうとうハナは声をあげて泣きはじめた。ジュンがハナを近くのベンチに座らせ、ハンカチを貸してくれた。

しばらくして、落ち着いてきたハナに、ジュンが言った。

「おい、いったい何があったんだ？」

まだ少ししゃくりあげながら、ハナが言った。

「あやまってくれてありがとう。でも、あやまらないのが主義なんじゃなかったの」

「いや……。あやまらないですむ人間なんているわけないじゃないか」

「それで、何の用なの。もう大丈夫だから、話してよ。何のために来たの？」

「もういい」

「話して」

「もういいんだ」

「そう。なら、さよなら」

すっと立ち上がると、ハナはくるりと振り返った。そのまま行こうとしたが、ハンカチを借りたままだということを思い出した。再び振り返り、ハンカチを返す。その瞬間、ジュンがハナの手をつかんだ。

「おれのモデルをやらないか」

ハナがジュンを見上げた。しばらく間をおいてから、ハナがこたえた。

「どういうこと？」

「勘違いするな。おれが撮りたいって思っているわけじゃないんだ。クライアントの要望だ。正直に言う。あのフライヤーを見て、クライアントがおまえを指名したんだ。おれができないのなら、他の野郎にやらせるとまで言ったんだ。だからいま、おれのプライドが傷つくのも我慢して、おまえに頼んでいるというわけだ。他の野郎に仕事を奪われることを考えれば、これぐらい我慢しなくちゃな」

突然のことに、ハナはこたえられないでいた。

ジュンが言った。

「三秒以内にこたえろ。一秒、二秒……」

ハナ、という声に、ハナは振り返った。テソンだった。テソンをにらみつけながら、ジュンが言った。

「なんだおまえ、ここでも一緒なのか」

ハナがうつむいた。テソンはジュンを無視したまま、ハナに言った。

「ごめん」

ハナの手をつかむと、テソンが言った。

「行こう」

ハナが首を振った。

「先輩に話すことはないわ」

それでもテソンはハナを引っ張っていこうとした。しかしハナのもう一方の手をつかんでいるジュンはそれを放そうとはしない。

テソンが低い声で言った。

「何をしているんですか」

ジュンが言い返した。

「話すことはない、と言っているじゃないか」

ハナがテソンに言った。

「先輩、やめて」

続いて、ジュンの顔を見る。そのハナに、ジュンが怒鳴った。

「おまえ、またおれを捨てて、そいつを選んだら、本当に終わりだからな」

一瞬迷ってから、ハナはジュンの手を振りほどいた。

「モデルはやるわ。そのために来たんでしょ。だから今日はこれで帰って。あとで連絡するわ」

ハナはテソンと肩を並べて、社宅のほうに歩いていった。その背にジュンの叫び声が飛んできた。

「おい、連絡するな。連絡なんかしたら、ただじゃおかねえぞ」

朝からいろいろなことがあって、ハナの頭の中は混乱しきっていた。テソンは社宅の前まで送ってくれた。途中、ふたりは一言も話さなかった。

社宅が見える坂のところで、ハナは立ち止まると、テソンに向き合った。

「ひとつだけ聞くわ。本当に恋人がいるの？」

少し間をおいてから、テソンがこたえた。

「恋人ってわけじゃない。子供のときから決められていた婚約者だ」

「そうなんだ。わたしって、本当にバカね。日本でもずっと一緒にいたのに、ちっとも気づかなかった」

また涙があふれてきた。涙を拭きながら、ハナが付け加えた。

「わたしにやさしくしないで。やさしくしたら、先輩のこと、嫌いになるから。本当は、先輩のこと、ちょっと好きだったの。もうずいぶん前からよ。先輩がわたしのこと、妹のように考えているのはわかっていたんだけど……」

「いや、ちょっと……」

「大丈夫、心配しないで。すぐには無理だけど、大丈夫、心配いらないわ」

涙がこぼれおちる。

「わたし、どうかしているわね。行くわ」

ハナは駆けた。そのまま、振り返りもせず、社宅に逃げ込むと、自分の部屋に飛び込んだ。ベッドにもぐりこんだ。

そして、泣いた。

声を殺して、泣いた。


車に戻ったジュンは、怒りに身を震わせた。

ハナに対して、あるいはテソンに対して怒っているわけではない。

どうしてあんな対応をしてしまったのか。

またハナを怒らせるようなことを言ってしまったのか。

自分で自分を制御することができなかった。自分自身が情けなかった。

エンジンをかけ、車を走らせる。

電話が鳴った。家政婦からだった。ヘジョンが泥酔して、息子を呼べと騒いでいるという。

こんなときにまた、と思いながら、ジュンは自宅に車を向けた。もう何年も酒はやめていたはずだった。何かあったのだろうか。

部屋に入ると、ヘジョンはソファに横になっていた。リンゲル液を注入している。その脇にはイナがいた。イナがこの家に来るのは、本当に久しぶりだ。ジュンの顔を見たイナが言った。

「お母さんはもう大丈夫だ」

皮肉を込めた声で、ジュンが言った。

「大丈夫そうですね。服を着替えてきます。お父さんは帰ってください。あとはおれが面倒をみます」

出て行こうとすると、ヘジョンが起き上がった。

「こっちに来なさい」

あわててイナがヘジョンを押さえた。

「大丈夫よ。点滴を受けるのを見せるために、あなたを呼んだわけではないのよ。ジュンとあなたに、話があるの」

ジュンが訊いた。

「話って、何？」

「やり直しましょう。また三人で一緒に住みましょう。十年間、わたし、反省したわ。あなたのことを理解できるようになったのよ。もうあなたに変わってほしいなんて言わない。だから」

「おふくろ！」

ジュンは叫んだ。ヘジョンがそれ以上みじめな姿をさらすのに耐えられなかった。

ヘジョンが続けた。

「ね、やり直しましょう。これ以上、ひとりでいるのに耐えられないのよ、ね」

うつむいていたイナが、ぼそりと言った。

「すまない……」

ジュンはそのまま家を飛び出した。車に飛び込む。

イナが駆け下りてきた。

「ジュン、ちょっと話がある」

ジュンが怒鳴った。

「何をいまさら。おれも、おやじと一緒に暮らすなんて、ごめんだよ」

ジュンは車を発進させた。ホワイトガーデンに向かう。二階は居住スペースになっているが、いまは誰も住んでいない。

冷蔵庫から缶ビールを取り出すと、二階に行き、ベッドに座り込んだ。


目を覚ましたハナは、思い切り泣いたおかげか、気分が落ち着いているのに気がついた。しかし鏡を見て、愕然《がくぜん》とした。目が醜いほど腫《は》れ上がっている。

台所へ行く。ユニは朝食の準備をしていた。ハナはスプーンをふたつ取り出すと、腫れた目に当てた。ひんやりとして気持ちがいい。

「早くご飯を食べなさい。学校に遅れるわよ」

ハナはテーブルに座った。

「来週から学校で徹夜しなければならなくなりそうなの」

「大変ね。それでもソウルに部屋を借りる気はないの？　まあ、どうしてもここから通いたいって言うんなら……」

「ううん、部屋、借りるわ」

「そう、やっぱりそうするのがいいわ。今日の午後、ソウルに行く用事があるから、一緒に部屋を探そうか。大学院の近くで探すんでしょ」

「うん」

「それから、テソンは今週から済州島《チェジュド》に出張みたいよ」

「知ってるわ。あ、今日お昼にちょっと寄るところがあるの」

「ちょうどいいわ。わたしも午後に行くから」

大急ぎで食事を済ませ、ソウルに向かう。朝から幾度もソ・ジュンに電話をしているのだが、出ようとはしない。あのとき、連絡をするな、だとか、連絡をしたらただじゃおかない、とか言っていたが、それと何か関係があるのだろうか。とにかく理解しがたい人物なので、訪ねていくことにした。幸い、ホワイトガーデンは韓国大学から歩いて数分のところにあった。

ホワイトガーデンに行き、地下のスタジオに入る。誰もハナが入ってきたことに注意を払おうとはしない。華やかなモデルや、まぶしいライトにハナは圧倒された。

カメラのファインダーをのぞいていたジュンが顔を上げた。

「ちょっと違うんだよな」

ジュンがモデルの方に近寄る。ジュンが手を伸ばし、モデルの唇に親指を当て、そのまま口紅を横に引き伸ばす。

「これでキスしたくなる唇になったぞ」

そのままジュンがモデルの腰に腕を回す。

「もう！」

そう言いながらも、モデルもまんざらではない様子だ。

ジュンが振り返った。ハナを発見したジュンが、冷たい声でチョ・スに言った。

「撮影中に部外者が入り込んでいるぞ。すぐに追い出せ」

そのときチョ・スも初めてハナがそこにいることに気がついたようだ。チョ・スがハナに頭を下げる。どうすべきか当惑している様子だ。

ジュンが言った。

「すぐに追い出せ」

もじもじしているチョ・スにハナが言った。

「外で待っているわ。いつ終わるの？」

「一時間ぐらいかな」

それを聞いてジュンが言った。

「今日は夕方まで続行だ。明日の分も撮る」

ハナは外に出たが、何がどうなっているのかまったく理解できなかった。困っているというからここまで来たのに、この対応はどういうことなのだろうか。帰ろうか、とも思ったが、とにかくもう少し待つことにした。

ふと下を見ると、何かの芽のようなものが目に付いた。かばんから作業用のゴム手袋を取り出し、表面の土を取り除く。

「ユリ！　もうすぐ芽が出るわ」

うしろからじっと自分を見る視線を感じた。振り返ると、ジュンだった。

「困っているというから来てあげたのよ。それなのに、何なの？」

それでもじっとハナを見下ろしていたジュンが、ぼそりと言った。

「ついてこい」

そのままホワイトガーデンを出て行く。しかたなくハナはそのあとをついていったが、ジュンはうしろを振り返ろうともせず、すたすた歩き続けるだけだ。

少し腹を立てたハナが言った。

「ちょっと！」

ジュンが立ち止まり、こちらを向いた。

「いったい何なのよ」

「あのときこう言ったはずだ。またおれを捨てて、そいつを選んだら、本当に終わりだ、と。おれはおまえと違って自分の言葉に責任を持つ。終わりと言ったなら、本当に終わる」

あきれた、という顔でハナが言った。

「そうなの。わかったわ。でも、それを言うためにそんなにかっこつけていたわけ」

くるりと振り返り、帰ろうとしたら、ジュンの声が聞こえた。

「まだ話は終わっていない」

ハナがもう一度ジュンの方を向く。

「とにかくついてこい」

そのとき急に雨が降りだした。かなり激しい降りだ。ジュンがハナの手をつかんで駆けた。わけもわからず、ハナも駆けた。シャッターの閉まった店の軒先に避難する。肩の雨滴を払いながら、ハナが言った。

「話って何よ」

「終わりだと言ったら終わりだ、と……」

「それはもう聞いたわ」

「だから、おれたち、ここで一度終わりにして、最初からはじめよう」

何を言おうとしているのか理解できず、ハナはきょとんとしていた。

「つまりだな、ここで一度すっぱり終わりにして、また最初からはじめようと言っているんだ」

「最初からはじめるって、何を……？」

「そ……それはだな」

言いよどんでいたジュンが、突然話題を変えた。

「ところでおまえ、なんでしつこく電話をかけてきたんだ」

「え？」

「電話に出なかったのに、しつこく電話をかけ続け、ついにはここまで訪ねてきた。そんなにモデルのアルバイトをやりたかったのか。それほどやりたそうには見えなかったんだがな」

「それは……。あのときあんなふうに別れたから、気になっていたのよ。もう終わりだとか何とか言って、怒り出して……」

「ふうん」

そう言いながら、ジュンはにやにや笑っている。

「なんで笑うのよ」

「つまり、おまえも、おれと終わりにしたくはない、と思っていたわけだ」

「え？」

「まあ、そうだろうな。おまえの周囲におれほどの人間がいるはずもないからな。そのまま終わりにするのは惜しいと思ったんだろう」

「あきれた。何を言い出すやら。わたし、帰るわ」

言いながら、かばんから折りたたみの傘を取り出した。そのまま行こうとすると、ジュンが腕をつかんだ。

「待てよ。おれをおいていくのか。おれは傘を持っていないんだぞ」

「誰か呼べばいいでしょ」

無視して行こうとしたが、ジュンが腕を放そうとしない。

「大事にするから」

急にそんなことを言われ、ハナはまたきょとんとジュンの顔を見つめるだけだった。

「これからおまえのことを大事にするから」

「な……なんでそんなことを言い出すの？」

「なぜかというと……」

突然ハナのかばんから携帯が鳴り出した。

「ピョロロン。電話だよ。早く出な。出なけりゃ承知しないぞ……」

ジュンがいらだたしげに言った。

「うるさいな。その着信音、なんとかしろよ」

「野外で仕事することが多いの。だからこれぐらいじゃなきゃ聞こえないのよ」

電話に出る。ユニからだった。急用ができたから来られないと言う。部屋はひとりで探す、と言って電話を切った。

「おまえ、これからどうするんだ？　何か用があるのか？」

「部屋を探さなくちゃならないの。いま住んでいるところは学校までちょっと遠いから」

「まあ、あそこからソウルに通うのは無理だろうな。よし、おれが付き合ってやる」

結局、雨の中、ジュンと一緒に部屋を探すことになった。ハナの小さな傘をジュンが持って、肩を並べて歩く。

長い坂をのぼりながら、ジュンが文句を言った。

「なんてところなんだ。この坂、いつまで続くんだ」

「文句を言うならついてこなければいいのに。どうしてわたしの部屋を探すのについてくるのよ」

それにはこたえず、ジュンはぶつぶつ言い続ける。

「こんなところで暮らせるのか。家に帰るだけで疲れきってしまうぞ」

言いながらジュンがハナを上から下まで舐めるように見た。

「まあ、頑丈そうな体しているから、なんとかなるか」

「何が言いたいのよ」

「なんでついてくるって訊いたな。おまえのことを大事にするって言ったじゃないか。だからだ」

自分の左肩を指差しながら、ハナが言った。小さな傘からはみ出してしまい、肩がびしょ濡れだ。

「大事にするって、こういうこと？」

「おまえの服は雨に濡れても大丈夫じゃないか。おれの服は雨に濡れたらだめになってしまうんだ」

ハナはジュンの手から傘を奪い取った。

「これ、わたしの傘よ」

「わかった、わかった」

再びジュンが傘を持つ。傘の位置が少し改善されはしたが、ハナの肩はまだ雨に打たれている。

「雨の日は憂鬱《ゆううつ》になるな」

「わたしは雨、好きよ」

「どうして」

「母が好きなのよ。雨。子供のころ、雨が降るといつも、母と散歩したわ。だから雨の日は楽しい思い出がたくさんあるの」

「そういやおまえ日本で、おふくろの初恋の人に会うんだって騒いでいたな」

「誰のせいで会えなくなったと思っているのよ」

「だから、いまさらおふくろの初恋の人に会って、どうするつもりなんだよ」

「母が、病気なのよ。長生きできないかもしれないの。だから、一度母に会ってあげてって言うつもりだったの……。あ、なんでこんな話しているんだろ。これ、絶対に秘密よ」

情報誌に載っていた不動産屋が見つかった。案内された部屋は地下だった。

「中に入ってよく見てください。静かで、本当に住みやすい部屋ですよ」

不動産屋はそう言ったが、何かじめじめしていて、雰囲気も暗く、とても住めそうになかった。

首を振りながら、ハナが言った。

「別の部屋はありますか」

「いろいろありますよ。行きましょう」

次の部屋は半地下だった。窓からは道行く人の靴が見える。

「ちょっと狭いことは狭いんですが、外の明かりも入ってきて、なかなか快適な部屋ですよ。あ、こっちに来てください。狭くても設備はちゃんと整っていますから」

不動産屋に案内され、台所に行く。ハナは蛇口をひねってみた。

「わ、水もよく出るわね。暖房は？」

「もちろん、冬はとってもあったかですよ」

入り口のところにいたジュンが言った。

「しかしなんでこんなに狭いんだ」

不動産屋が言った。

「ふたりで住むにはちょっと狭いようですがね。新婚さんですか」

ハナが手を振って否定した。

「とんでもない」

「すると、同棲？」

「違いますよ」

いまひとつ気に入らない。別の不動産屋に行くことにした。次の部屋は、屋上だった。もともとは物置としてこしらえたものだという。階段を上りながらジュンが文句を言った。

「狭い階段だな」

「本当に文句ばっかりね」

「不動産屋は？」

「勝手に見ろって」

屋上に上がり、預かっていた鍵で扉を開く。狭い部屋だった。水着の女性のポスターが壁に貼ってある。

ポスターを見ながら、またジュンが文句を言った。

「まったく、センスの悪いポスターだな」

部屋を見て外に出ると、隣の屋上から、下着姿の中年の男がこちらをうかがっているのが見えた。

「予算が予算だからこんなものかな」

「バカなことを言っていないで、早く行こう」

ジュンがハナの手をつかんで階段を下りていく。わけがわからないまま、ハナも下りていった。

「勝手についてきて、文句ばっかり」

「おい、隣の屋上から男がのぞいていたのに気づかなかったのか。そんなところで女ひとり住むつもりかよ」

「しかたないでしょ。アルバイトもまだ決まらないし、決まったところで、わたしの稼ぎだとあの程度の部屋しか無理なのよ」

「おれが見つけてやる。アルバイトも、部屋も」

「バカなことを言わないでよ。次の不動産屋に連絡するわ」

携帯を取り出して電話をしようとすると、ジュンが携帯を奪ってしまった。

「おれが見つけてやるって言ったじゃないか」

携帯を取り返しながら、ハナがジュンを怒鳴りつけた。

「どうしてよ」

「大事にするって言っただろ」

「いったいどうしちゃったの。何か変なものでも食べたの。今日は本当に変よ。また最初からはじめよう、なんて言い出したり、大事にするとかなんとか言ってついてきたり、そして今度はアルバイトに部屋を見つけるって？」

「おまえ、バカか？」

「え？」

「おれは忙しい人間なんだ。おれの時間給を聞いたら気絶するだろうな。そのおれがどうしておまえのあとをついて歩いているのか、本当にわからないのか」

突然携帯がまた鳴り出した。いつもの「ピョロロン……」ではない。テソンからだ。

「なんだ、また！」

「へへ、なんでもないわ」

ジュンがハナの携帯を奪った。画面に「テソン先輩」という文字が浮かんでいる。

「こいつの着信音は特別ってわけか。恋人なのか」

「違うわよ」

ジュンが電話を切った。

「あ、なんで勝手に切るのよ」

「代わりに切ってやったんじゃないか」

携帯を取り戻し、画面を確認する。テソンのことを思い出すと、また泣きそうになる。そういうハナをジュンがじろじろと見つめた。

「振られたのか？」

ハナは返事もしないで歩きはじめた。

「やっぱり振られたんだ。しかしあんなやつに振られるとは。というより、振られるってこと自体、問題だな、やはり」

ハナはジュンを無視して歩き続ける。

「最初からはじめようって言っただろ。大事にする、とも。つまりおれがおまえを気にしているってことだ。最初から気になっていたんだ。韓国に戻ってからも、ずっとおまえのことを思い出していた。再会したときもそうだし、いまもそうだ」

「だから何だって言うのよ」

「さて、よくわからないな。ともかく、それがどういうことかわかるまで、おまえをそばにおいておくことにした」

「え？」

「部屋探しについていっても役に立ちそうにないから、今日のところは帰る。撮影のとき会おう。遅れるなよ」

「さ、撮影って、まだやるとは……」

ハナの返事も聞かず、ジュンは駆け去っていった。

ハナが見えなくなったところで、ジュンはガッツ・ポーズをとった。いつもはハナに振り回されてばかりだが、今日のところはかっこよく決めることができた。

ホワイトガーデンの二階に戻ると、荷物が届いていた。

ソノが入ってきた。

「なんだ、その荷物」

「今朝、家政婦のおばさんに、適当に荷物をまとめて送ってくれって頼んでおいたんだ」

「家を出るつもりか」

「仕事が忙しくなったからしばらくここに泊まるって言っておいた。ちょっといろいろとあってな。この機会に独立してしまおうかな」

「何があったんだ？」

「おふくろが、おやじとまたやり直したいって言い出したんだ。離婚したときは留学したから、再婚が決まったら家を出るか」

「おやじやおふくろがどうなろうとおまえには関係ないだろ」

「まあ、いろいろと複雑なんだ。ところでおまえの妹、アメリカから戻ってきたのか」

「ミホか。まだだ。あと一週間ぐらいは向こうにいるだろう」

「ミホには、おれがここに泊まっているって言うなよ」

「どうして？　ミホがここに押しかけてくるかと思って？」

「まあ、そういうことだ」

ふと、ジュンは隣の部屋が空いているのを思い出した。のぞいてみる。ベッドや机もあり、きれいに整理されている。

「この部屋、誰かに貸してもいいだろ。どうせ空いているんだから」

「誰に貸すっていうんだ」

「話が決まったら言うよ」

スクリーンに映っている絵画について、イナは説明を加えた。

「エゴン・シーレの『家族』という作品だ。シーレは生まれてくる子供のことを思ってこの作品を完成させた。ところが当時ヨーロッパで猛威をふるっていたスペイン風邪にかかり、妻が死んでしまった。そしてシーレも、その三日後に同じ病気で死ぬことになる」

学生が質問した。

「ということは、シーレは妻のあとを追ったのですか」

「まあ、そうとも言えるかな。生と死をともにできる愛というのは、実に幸福なものなのかもしれない、ということなのだろう。感傷的な話はこのぐらいにして、彼の言葉を紹介しよう。『ぼくは人体からあふれ出る光を描く。作品が残ることで、芸術家は永遠に生きることができる』。つまり、シーレはまだ生きているということだ。いま彼の作品を見ている君たちの心の中に」

女学生が質問した。

「教授の心には？」

イナはスライドを消した。

「わたしの心には、もうずいぶん昔から、誰も訪れてきてはくれないんだよ」

講義を終え、教室を出る。今日の講義はこれで終わりだ。研究室に行って荷物をまとめ、大学を出た。まっすぐ家に帰る気にもなれず、本屋にでも立ち寄るか、と思って大通りの方へ向かう。

交差点で信号を待っていると、雨が降り出した。はじめはぽつぽつという感じだったが、すぐに激しい降りになった。あいにく傘は持っていない。

通りの向こう側で待っていた上品そうな中年の女性がかばんから黄色い傘を取り出した。

信号が青になった。

雨の中、イナは横断歩道を渡った。

向こうから黄色い傘をさした女性がやってきた。

通り過ぎながら何の気なしに女性の顔を見たイナは、背筋に衝撃が走るのを感じた。すぐに振り返ったが、女性はもう向こう側に渡りきっていた。信号が赤に変わる。イナは走って横断歩道を渡り、反対側を見た。女性はそのまま通りを歩いていく。

女性は、ユニにそっくりだった。もう三十年の歳月が流れている。それでもイナが見間違えるはずはなかった。

信じられなかった。ユニはもう何十年も前に死んでしまったはずだった。

しかし確かめずにはいられなかった。

道路を渡ろうとしたが、交通量が多く、渡ることはできない。女性はそのまま歩き去る。

イナは道路の反対側を駆けた。先回りして道路を渡る。眼鏡に雨滴がかかり、前がよく見えない。

女性が近づいてきた。

心臓が高鳴る。

女性の前に立った。

女性が立ち止まり、顔を上げた。

イナが口を開いた。

「ユニさん……」

女性の表情が揺れた。かすかに笑顔が浮かぶ。イナだということに気づいたようだ。

「生きていたんだ！　生きていてくれたんだ」

それ以上何も言うことができなかった。

ユニもまたじっと立ち尽くしている。

しばらくして、イナがずぶぬれであることに気づいたユニが傘を差しかけてきた。

とにかく近くの喫茶店に入ることにした。

ユニが電話をかけた。誰かと待ち合わせをしていたようだ。電話を切ったユニが言った。

「娘なの。この大学の院生よ」

「そうか……」

窓際のテーブルに座り、コーヒーを頼む。

「久しぶりね。本当に長い時間が過ぎてしまったわ」

「ぼくは、君がもうこの世にいない、と思っていた。そう思いながら、これまで生きてきた」

「そうかもしれない、と思っていたわ」

「アメリカからは、いつ戻ったんだ？」

「もう十年と少しになるわ」

「どうしてぼくを訪ねてきてくれなかったんだ。ぼくは君が死んだと思い、ずっと苦しんでいたんだ。生きているということだけでも知らせてくれればよかったのに」

「わたしは、イナさんの活躍、知っていたわ。新聞で個展の記事を読んだこともあるし、雑誌でご家族の写真も見たわ。それで、ヘジョンと結婚したということも知ったの。幸せそうに見えて、わたしもうれしかったわ」

「君は、どんな暮らしをしていたんだ？」

「わたしも幸せだったわ……」

そこで言葉を切ると、ユニが窓の外に目をやった。

「今日も雨ね。わたしたちが会うときはいつも雨ね」

ユニが、約束がある、というので、喫茶店を出た。別れ際、イナが訊いた。

「また会えるよね」

ユニが小さく首を振った。

「お会いできて本当によかったと思います」

「本当にもう会えないのか」

「あなたも幸せそうですし、わたしもいま、幸せです。ですから……」

頭を下げてから、ユニは去っていった。イナは呆然とその後ろ姿を見送った。しかし、このまま別れるなんて、耐えられなかった。

イナは駆けた。

しかしどこへ行ったのか、ユニの姿は消えていた。

四囲をくまなく探したが、ユニを見つけることはできなかった。

その足で、イナはドンウクの病院に行った。案内を請うと、すぐにドンウクが姿をあらわした。

「おまえが病院まで訪ねてくるなんて珍しいこともあるものだ。そうじゃなくても、手術の前、雨が降ってきたので、おまえのことを思い出していたんだ。昔は雨が降ると、酒を飲みに行ったじゃないか。ところで、何かあったのか」

「ユニに会った」

ドンウクがいぶかしげな顔をした。

「誰に？」

「ユニは生きていたんだ」

大学を出たところで偶然ユニに会った一部始終を説明する。

「そうか。元気そうだったか」

「うむ」

「いまでも美人か」

うなずいてから、イナが言った。

「幸せそうに見えたから、何も訊くことができず、そのまま別れた」

イナと別れてから、ユニは急に視野が暗くなるのを感じ、道端に立ち止まった。それ以上前に進むこともできなかった。かばんの中を探してみたが、いつもは持ち歩いている目薬を今日に限って忘れていた。

しばらくじっと目を閉じてから、また目を開く。うすぼんやりとだが、なんとか見える。幸い、すぐ目の前に薬局があった。薬局に入り、常用している目薬を購入した。目に薬をさしていると、薬剤師が心配そうに言った。

「大丈夫ですか」

「はい。ちょっと目が疲れていて……」

「入ってきたときは、ほとんどお見えになっていないようなので、驚きました。この薬は一時的に目の疲れを癒すだけのものだって、ご存知ですよね」

「ええ。いつもは薬を持ち歩いているのですが、今日は忘れてしまって」

植物園に戻るバスに乗った。ひとりになると、涙が流れてきた。

異常に気がついたのは一年ほど前だった。結核菌のせいだった。完治したと思っていたのだが、菌はしぶとく生きながらえていた。失明のおそれもあるという。再発する可能性も否定できない。イナがこのことを知ったらまた悲しむはずだ。

三十二年前と同じだった。あのときは、アメリカに行って病気を治し、またイナに会うという希望を抱いていた。しかしユニの体をむしばんでいた病魔は、なかなか去ってくれなかった。なんとか普通の生活ができるようになったときは、すでに三十を過ぎていた。風の噂に、イナがヘジョンと結婚したという話も聞いていた。

そして、結核菌がまたユニを苦しめはじめたとき、イナがあらわれたのだ。イナは自分のことを忘れていなかった。しかし、こんな体で、イナを受け入れることなどできるはずもない。

　植物園に着くまで、ユニはずっと泣き続けていた。

　結局一日中歩いても、気に入った部屋は見つからなかった。予算が予算だけに、適当なところで妥協しなければならないとは思っているのだが、なかなか決心がつかない。日が暮れるころ、あきらめて植物園に帰るバスに乗った。

　ひとりになると思い出すのは、豹変したジュンのことだ。いったい何がどうしたというのだろうか。もしかしたら、自分のことが好きなのか、と一瞬思ったが、その瞬間、ぷっと吹き出してしまった。

「そんなはず、あるわけないわ。どうせまた、わたしをいじめようとしているに決まっている。モデルのアルバイト、どうしようかな。やっても大丈夫かな」

　携帯が鳴った。テソンからだった。電話には出ず、画面に向かって話しかけた。

「わたしのことが心配で電話しているみたいだけど、わたしは大丈夫だから。いまは先輩と話をする気分じゃないの。ごめん」

　植物園を通って社宅に戻る。

　花壇の街灯の下のベンチに誰かが座っていた。ユニだった。一心に何かを読んでいる。ハナは手を振って呼びかけた。

「お母さん」

「ハナ？　こっちにおいで」

隣に座ると、ユニが肩のショールをハナに巻きつけ、軽く抱きしめてくれた。

「寒いのになんで外に出てきたの。で、何を読んでいるの？」

「昔の日記帳」

「お母さん、もしかして、具合が悪くなったんじゃないの？　だから部屋探しに付き合えないって……」

「そんなことないわ」

「本当に？」

「本当よ。ひとりで部屋を探したの？」

「ひとりじゃなくて……」

「誰と？　テソンは済州島に行っているはずだし」

「その……友達というわけでもないんだけど……」

「男の人？」

「男は男だけど、そういうのとは違うわ」

「どんな人？　気になるわね」

ユニが空を見上げた。目が潤んでいる。

「お母さん、長生きしなければね。あなたが結婚するのも見たいし、あなたがこしらえた庭園も見なければね」

「突然、なんでそんなことを言い出すのよ」

「お母さん、ハナの重荷にはなりたくないのよ」

「お母さん！」

「わかったわ。もうやめる」

ユニがハナの頭を抱いてくれた。そのユニの頬に涙がひとしずくこぼれ落ちたのを、ハナは見逃さなかった。


翌朝、イナはチュアム・リゾートに向けて車を走らせた。

昨夜、もしやと思い、インターネットの卒業生名簿を検索してみた。ユニの住所がそこに記されていた。こんな近くに住んでいたというのに、どうしていままで気づかなかったのか、とおのれを責めた。

リゾートに付属している植物園に行く。

ユニは花壇で作業をしていた。

イナに気づいたユニが立ち上がった。

イナの目から涙がこぼれ落ちた。

そのまま駆け寄ると、ユニを抱きしめた。

しばらくじっと身を硬くしていたユニも、イナの背に手を回した。

体を離しながら、ユニが口を開いた。

「わたし……」

それ以上ユニに言わせず、イナが早口に言った。

「もう二度と会わないなんてこと、ぼくには耐えられないんだ。エゴイストだと思うかもしれないが、最後まで言わせてくれ。ぼくは幸せではなかった。君がいなくなってからずっと、ぼくは不幸だった。悲しかった。悲しくて、苦しかった。ぼくの時間は、ふたりで歩いたあの海辺で、止まってしまったんだ。ヘジョンとはもうずいぶん前に別れた。ヘジョンを幸せにしてやることはできなかった。お互い、傷つけあうだけだった。まわりの人を不幸にしたし、ぼくも不幸だった。君がいなくなってから、ぼくは人間が変わってしまったんだ」

しばらく間をおいてから、ユニがゆっくりと口を開いた。

「そんなことないわ。わたしの前にいるあなたは、あのころのままよ」

「もう二度と君を失いたくないんだ。このまま君を失うなんて……。ぼくを助けてくれないか」

「わたしには、そんな資格はありません。ごめんなさい。娘と夫を愛しています。そうやって幸せになろうと努力しています。いまの暮らしを変えるつもりはありません。いまのわたしは、あなたを不幸にするばかりです。ごめんなさい」

憮然とした表情でイナが言った。

「ぼくにあやまったりしないでくれ。君の口から、そういう言葉を聞きたくないんだ」

イナは立ち上がった。

車に戻ると、大学に電話をして、二、三日休講にする、と連絡した。そして車を東に走らせた。

車は東海《トンヘ》に至った。三十二年前、ユニとふたりで歩いた海岸を歩く。海はまったく変わっていなかった。変わったのは、イナであり、ユニだった。

ヘジョンは興信所に依頼したユニについての調査報告書に目を通した。アメリカから戻ってきたのは十二年前だった。いまはチュアム・リゾートに付属している植物園に勤務しており、植物園内の社宅に住んでいる。娘がひとりいるが、夫とは二十年前に死別しているという。夫と死別した、と記されている文字を、ヘジョンはにらみつけた。もしこのことをイナが知ったらどうなるのか。

想像もしたくなかった。

イナに電話をした。しかし出ない。大学にも連絡してみた。今日は休講だという。何かあったのだろうか。不安だった。夜、ヘジョンはチャンモのカフェに行った。飲みはじめると、止まらなかった。

最後の客が帰ってから、チャンモがヘジョンのところに来た。

「イナはどこかに行ったのか？」

「知らないわ。大学は休講。旅行に行ったらしいわ。チャンモさんが電話しても出ないの？」

「おれは地方公演に行っていて、しばらくイナとは話していない」

「ジュンは家を出てしまったし、あの人は行方不明だし……」

「おまえが先を急ぎすぎるからだよ」

「もう一杯ちょうだい」

ヘジョンがグラスを差し出す。チャンモはそれを奪い取った。

「いい加減にしろ。どうしてまた飲みはじめたんだ。最近家でも飲んでいるのか。だからジュンもイナも……」

「ユニの夫は死んだんだって」

「どうしてそんなことを知っているんだ」

「調べさせたのよ」

「そんなことを調べてどうするつもりなんだ。それより、ユニが生きているって話、イナには教えないつもりなのか」

「そうよ」

「おい、おれの立場も考えてみろよ。一番の親友に嘘をつけって言うのか。それもよりによって、ユニさんの話を」

「無理を承知で頼んでいるのよ。お願い。もしそのことを知ったら、彼、永遠に去ってしまうわ。もう一杯だけちょうだい。心配しないで。明日から飲まないから。彼がいやがることはやらない！努力するわ……」

結局、その日は記憶がなくなるまで飲んでしまった。

第五章　ホワイトガーデン

約束の日、ハナはジュン・スタジオに行った。豪華な衣装を着、化粧をし、ジュエリーを身に着けて、ライトの下に立つ。しかしスタッフはみな、顔をしかめている。ジュンも不機嫌だ。

ジュンがカメラを構えた。

ハナは緊張した面持ちで立った。

「笑って」

そう言われて笑おうとするが、うまくいかない。

「唇が緊張している。無理に笑おうとしないで」

そう言われるともっと緊張してしまう。

「それ、笑っているのか？」

怒鳴りつけられたが、どうすることもできない。

「視線はこっち。笑って。一、二、三！　もっとほがらかに」

いくらがんばっても、顔がこわばってしまう。

ジュンが音楽をつけた。

「他のことは考えずに、音楽に合わせて自然に体を動かせ」

体を動かしてみるが、自分でもぎこちない動きだということだけはわかった。

「一、二！　もう少し自然に」

幾度かシャッターを押したが、ついにあきれ顔になったジュンが大声で言った。

「ストップ！　おい、その服を着て、何を表現したいんだ」

そんなことを問われても、どう返事をすればいいか見当もつかない。

チョ・スが助け舟を出してくれた。

「ハナさんはアマチュアなんですよ。そんな質問……」

しかし、ジュンはチョ・スに最後まで言わせなかった。

「宝石はおろか、服を着こなすこともできないモデルをどうやって撮れって言うんだ。チョ・ス！　ファッション雑誌をありったけ持ってこい」

チョ・スが持ってきた雑誌をジュンはびりびりとやぶきはじめた。そばで見ているハナに怒鳴る。

「おい、何をやっているんだ？」

「？？」

「選べ」

「わたしが選ぶんですか？」

「おまえが着るんだから、おまえが選べ。プロじゃないんだから、自分の気に入った服を着ればいい」

いくつか選ぶと、衣装担当のチャールズにその紙の束を手渡した。

「これと同じものを手に入れて来い」

「いますぐ？」

「そうだ。昼まで休憩。午後に再開！」

ジュンはそのまま出て行ってしまった。ハナはチョ・スに頭を下げた。

「ごめんなさい。わたしのせいでうまくいかなくて……」

「気にすることないですよ。ハナさんは今日が初めてでしょ。それも無理に頼み込んでやったことなんですから。でも、今日の室長、力はいってましたね」

午後、チャールズが購入してきた服を着た。最初は白地に花柄の上品なワンピースだ。ライトの下に立つと、チャールズが賞賛の声をあげた。

「うわ、とってもきれい。自分で選んだ服だけあるわね。パーフェクトよ」

ジュンが怒鳴りつける。

「うるさい」

ハナの方を向いたジュンが訊いた。

「サイズは合っているのか」

「はい」

にっこり笑ってこたえた瞬間、シャッターがおりた。

「こっちを見て、そのまま、そのまま」

連続してシャッター音が聞こえる。

「視線を左からこっちへ」

振り向いた瞬間、シャッターが下りる。

チャールズが言った。

「ワンダフル！」

チョ・スも声をあげる。

「ハナさん、本当にきれいだよ」

ほめられたとたん、ハナが顔をこわばらせた。

ジュンが怒鳴る。

「ストップ！　みんな出て行け」

いぶかしげな顔をしているスタッフにもう一度怒鳴りつける。

「ふたりで撮るから、出て行け」

みんな出て行ってから、ハナが訊いた。

「どうしてふたりきりで撮るの」

「気心が合う同士で撮ればいいじゃないか」

「誰と誰が、気心が合うって」

手を止めて、ジュンが訊いた。

「どうしてその服を選んだんだ」

「すっきりしていて、かわいらしいでしょ。もうすぐ春だから、こういう花柄もぴったりだしね……」

話しているところを、連続して撮っていく。

「花が好きなんだな」

「花はみんな、本当にかわいいんだもの」

花のことを考えると自然に笑顔になる。シャッター音が続く。

「次の服」

今度は肩が露出したビビッドピンクの豪華なドレスだ。

「どうしてそれを選んだ？」

「色がとってもすてきだから。おかしいかしら？」

「おかしくはない」

衣装とジュエリーを取り替えて、次々と撮っていく。

「終わり」

「本当？」

「全部撮った」

「わあ！　本当に仕事が早いのね。少し見直したわ」

「そうだろ。おれはそういう男だ」

「早く終わってよかった。モデルなんてもうできないわ」

「おまえ、本当にきれいだよ」

「え！」

その瞬間、シャッターがおりた。

「驚いた表情、追加」

スタッフが入ってきて、モニター画面で写真を確認していく。

チョ・スが言った。

「室長、すばらしいですね」

「これ、本当にわたしなの？」

自分でも信じられないくらい、画面上のハナは美しかった。

「おれに撮らせると高いって言っただろ。高いには高いなりの理由があるんだ。光栄に思え」

そのままジュンは出て行った。

画面を見ながらチョ・スが言った。

「実力はすごいんだけどな。あれで性格がもう少しまともだったら」

思わずハナはうなずいた。

「そうよね」

着替えたハナは、分厚い封筒を貰って、スタジオを出た。こんなに貰っていいのか、と思うほど入っていた。

階段を上ると、一階のカフェにジュンとソノが座っていた。ソノがハナに声をかけた。

「お、終わったみたいだね。モデル料も貰ったんだ」

「ええ」

ジュンが顔をしかめている。ハナが訊いた。

「今度は何よ？」

「色が似合っていると思っているのか、質感がいいのか。そもそもなんでそんなぶかぶかなものを着るんだ。おまえが今日選んだ服、なかなかセンスがよかったぞ。センスがないわけじゃないんだから、ああいう服を着ろ。それがおれの好みだ。あ、プレゼントするから、好きなのに着替えろ」

「いやよ。わたしにはわたしの好みがあるんだから。あんな動きにくい服、着られるわけないでしょ」

「ファッションのためには、動きにくいのも我慢しなければ」

ソノが助け舟を出してくれた。

「ぼくは活動的な服もかわいいと思うよ。ハナさんはガーデニングの仕事もしなければならないんだから、そういう服を着なけりゃ」

「おまえ、あれがかわいいと思うのか。よし、写真に撮って見せてやる」

ジュンが立ち上がり、カメラを構えた。しかしいつまでたってもシャッターを押そうとはしない。

「どうしたの？」

「いや、写真を撮るのはこれが最後かな、と思うと……」

ハナは頭を下げた。

「とにかくありがとうございました。とてもおもしろい経験でした」

ソノが言った
「え、もうモデルはやらないの。さびしいな。じゃあ、もう会うこともないのかな」

「いろいろお騒がせしてすみませんでした。また会う機会があれば、そのときはよろしく」

もう一度頭を下げてから外に出た。ところが門のところで、誰かがハナの腕をつかんだ。ジュンだった。

「どうしたの？」

「いや、ちょっと言い忘れたことがあって……。前に言っただろ……」

「あ、わたしをそばにおいておくって話？」

「だから、その……」

「忘れてくれって言いたいのね。心配しなくてもいいわ。もう忘れたから」

「そうか。それならいいや。全部忘れてくれ」

突然若い娘が飛び出してきて、ジュンに抱きついた。

「オッパ！」

オッパとはもともと妹が兄を呼ぶ言葉だったが、女性が恋人に呼びかける言葉でもある。ジュンが当惑した表情で言った。

「お、ミホか。いつ帰ってきたんだ」

「オッパ、久しぶり。会いたかったわ」

べたべたするミホを見ていられず、ハナが頭を下げた。

「じゃあ、わたしは行くわ。さよなら」

そのまま家路についたが、何かすっきりしない。あのミホというのがジュンの恋人なのだろうか。

ハナは首を振った。

「どうでもいいじゃない。わたしには関係のないことなんだから。お金も稼いだし、きれいな写真もいっぱい撮ったし、これでいいのよ」


次の日、ハナはまた情報誌を片手に、大学院の近くの街を歩き回った。

坂を上っているときだった。老人が肩で息をしながら大急ぎで坂を下りてくる。老人が転びそうになったので、思わず手を伸ばした。

「おじいさん、大丈夫ですか」

老人を階段のところに座らせる。するとそこにソノが姿をあらわした。ソノを見た老人があわてて逃げ出そうとする。

「おじいさん、ちょっと待って」

「いやだ。絶対にいやだ」

だだをこねる老人をおさえつけながら、ソノがハナに言った。

「ハナさん、ちょっとそこを押さえて」

言われるままに老人をおさえると、老人がハナをにらみつけた。

「おまえたちグルだったのか」

ハナが手を振った。

「違いますよ」

ところがソノが正反対のことを言った。

「そう、ぼくたち、グルです」

ソノが老人の血圧を測る。ソノは医者で、往診に来たということだった。診察が終わると、ハナをそこに待たせて、ソノは飲み物を買いに行った。

しばらく待っていると、ソノが上から降ってきた。

「あ、びっくりした」

ぐるりと回るのが面倒くさいので、飛び降りたらしい。

「ビールだけど、いい？」

「うん、大好き」

「お酒好きみたいね」

「まあね」

「じゃあぼくたち飲み友達になろう」

「それもいいわね」

缶ビールのタブを開けて、ソノがハナに手渡す。

「じゃあ、乾杯」

「乾杯！」

「今日はありがとう。お礼に何でもするよ。言って」

「ううん……このビールで充分だわ」

「さっきのおじいさんの奥さん、血圧のせいで亡くなったんだ。それ以来、血圧を測るのをいやがって、困っているんだ」

「あそこが病院だなんて気がつかなかったわ。ソノさんがお医者さんだということも」

「お、ぼくの試みが成功したってことだな」

「あそこの庭、ちょっと手を加えれば、とても素敵になるのに」

「ホワイトガーデンのこと？」

「あ、ホワイトガーデンて言うんだ。やっぱりもともとは英国式の庭園だったみたいね。ユリの球根があったから」

「ユリ？」

「リーガルリリーよ。大きな花が咲くので、いつも花壇の中央にいるの。球根、まだ生きていたわ。説明、聞いてみる？」

そう言うとハナはかばんの中からスケッチブックと色鉛筆を取り出した。

「いい、花壇はこうなっているの。真ん中がユリ。ここにシャクヤクを植えて、こっちにバラ。夏の夜、月の光の下でこの庭を見れば、うっとりすること間違いなしよ。そして……」

そこで言葉をとめると、ハナは恥ずかしそうにソノを見た。

「ごめんなさい。庭の話をすると、つい夢中になってしまって」

ソノがスケッチブックを手にした。

「あの庭がこんなふうになるのか。ところで、家はこの近く？」

「部屋を探しているところなの」

独り言のようにソノが言った。

「それでジュンのやつ、部屋を貸すなどと言い出したんだな……」

「え？」

「いや、なんでもない。それで、見つかった？」

「気に入ったのがなくて。急いで見つけなければならないのに。アルバイトも」

ソノがにっこりと笑って言った。

「ホワイトガーデンでアルバイトをしないか」

「え？」

「必要だったら、部屋もある」

「本当？」

話を聞くと、アルバイトというのは、ホワイトガーデンの庭をこの絵のとおりにする、という仕事らしい。ハナとしてはこれ以上は望めないアルバイトだ。さっそくスケッチブックに簡単な契約書を書いた。

ところがサインをしようとしたとき、ジュンがホワイトガーデンに泊まっているという話を聞いて、ハナは逡巡した。ジュンが文句を言うに決まっている。話はジュンの許可を得てから、ということにして、その日は別れた。


海から戻ったイナは、家に入ろうとして、ぎくりとした。誰もいないはずなのに、部屋が明るい。中に入るとヘジョンが出てきた。

「お帰りなさい。大学に連絡したら、今日戻るという話だったので、こっちに来たの。久しぶりに夕食でも一緒にしようと思って」

台所でふたりのシェフが料理をしているのが見える。かばんをおきながらイナが言った。

「来るのなら連絡ぐらい入れてくれ。疲れているんだ」

「だからおいしいものを食べて、楽しい話をしましょうよ。シャワーを浴びてきて。準備はもうほとんどできたわ」

シャワーを浴び、着替えをしてから、イナはテーブルについた。ふたりのシェフが挨拶をして出て行く。

ヘジョンが口を開いた。

「あなたとこうやって食事をするのも久しぶりね。乾杯しましょう。あなたとわたし、そしてジュンのために」

イナはワイングラスを手に取ると、ヘジョンのグラスに軽くぶつけてから、口に含んだ。芳醇な味わいが口いっぱいに広がる。年代もののボルドー・ワインだった。

「ミホが今度、うちのファッション・ショーに出るの。わたし、ミホが気に入っているのよ。かわいいし、気が利くし。あなたはどう思ってます?」

ミホはドンウクの娘だ。

「ジュンと結婚させたいのか」

「ぴったりでしょ。家柄も言うことないし」

「ジュンがどう思っているかが問題だな」

「ジュンも気に入っているみたいよ。話は変わるけど、ジュン、家を出たの。わたしのこと、嫌っているみたい。わたしがいつまでもあなたのことを忘れられないでいるのがいやみたいなの。あなたから話してくださらない。あなたのほうから、また一緒に暮らすって言ってくれれば、ジュンも反対しないと思うの」

イナは返事ができないでいた。

「ね、お願い」

ワインをもう一口飲んでから、イナが言った。

「君とやり直すのは無理だ。よくわかっているじゃないか。お互い不幸になるだけだ。君を幸せにすることができなくて、すまないと思っている。いまになってやっとわかったんだ。これまで、ぼくは努力してきたつもりだった。しかしそうではなかったことに気がついたんだ」

「どういうことなの?」

「愛というのは、努力してどうこうなるものではないんだ。抜け殻となってしまったぼくのせいで、君がずっと孤独だったことはわかっている。だから君に対しては、すまないと思っているし、恥ずかしいとも思っている」

「それ、いったい何の話なのよ」

「ユニに会ったんだ。生きていたんだよ」

「どうして？　チャンモさんが話したの？」

「チャンモ？　おまえも知っていたのか？」

「ユニに会ったからどうだっていうの。ユニに会ったから、わたしと一緒に暮らした人生は抜け殻に過ぎなかったと気づいた、と言いたいわけ？」

「ヘジョン、そうじゃなくて」

「それで、ユニと一緒になるというの。それもいいわね。あなたは離婚したし、ユニの夫は死んだらしいから、何の問題もないものね」

「え？　ユニの夫が死んだ？」

結局ヘジョンとの食事は惨憺《さんたん》たる結果に終わった。シェフが作った料理もほとんど手をつけることなくゴミ箱へ直行することになった。

ヘジョンが帰ると、イナは階下におり、車に乗り込んだ。もう遅い時間だったが、どうしても確かめなければならないことがあった。

車はチュアム・リゾートに向かった。

ジュンは庭でくつろいでいた。ふと目を上げると、ハナが庭で土をいじっているのが見えた。

「おまえ！」

声をかけようとすると、ハナは消えてしまった。ジュンは自分の頭をたたいた。

「いったいどうなってしまったんだ、おれは」

玄関の方を見ると、満面の笑みを浮かべたハナが入ってくるところだった。ジュンは立ち上がると、首を振った。

「仕事のしすぎだ。過労なんだ」

中に入ると、二階に駆け上がる。ノートブックのスイッチを入れ、画像を確認していく。にっこり笑ったハナが出てきた。幻惑されたかのように、それに見入ってしまう。

「あんな小娘……」

そうつぶやいてみるが、画面のハナは、どのモデルよりも美しく感じられた。別の画像を見る。自分が撮った写真に見とれるなんてありえない、と思いながらも、目を離すことはできなかった。

「ジュン、いるか？」

ソノの声だった。ジュンはあわててノートブックを閉じた。ソノが入ってきた。

「こっちの部屋、貸してもいいだろ」

にやにや笑いながら、ソノがスケッチブックをジュンに手渡した。花壇の図のようだったが、ジュンには何のことか理解できなかった。

「なんだ、これ」

「あ、そっちじゃなくて」

ソノがスケッチブックを裏返す。手書きの契約書だった。

「契約書？　チョン・ハナ？」

「ハナさんに部屋を貸そうと思って。庭の管理もやってもらうつもりなんだ。ここの庭、手を加えればすごく素敵になるらしいよ。ところがサインする段になって、おまえがいやがるはずだって言って、断ってきたんだ。これ以上は面倒み切れないから、おまえのほうで何とかするんだな」

それだけ言うと、ソノは出て行った。

ジュンはあらためて契約書を見た。そして階下におりると、車に乗り込んでエンジンをかけた。


自宅でくつろいでいたハナは、突然の電話に仰天した。ジュンが植物園まで来ているというのだ。

「いったいどうしたというのよ」

わけがわからないまま、ハナは社宅の外に出た。

川のほとりに、ジュンはいた。怒ったような表情で、こっちに近づいてくる。ハナは思わず後ずさった。

「心配しなくてもいいから。あの契約書にはサインしないから。だからいいでしょ」

それでもジュンはじりじりと近づいてくる。ハナは一歩、一歩と後ずさった。

「契約しないって言っているじゃないの」

ベンチに足が引っかかり、倒れそうになった。ジュンがハナの手をつかむ。

「どうしておれがいやがると思ったんだ」

「それは……」

「いいか、よく聞け。一度しか言わないからな。おれはおまえが好きになってしまったらしい」

ハナは自分の耳を疑った。絶対に聞き間違いだと思った。しかしジュンの真剣な顔を見ると、そうではないことがわかった。わかったとたん、顔が火をふくかのように火照りはじめた。

「わ、わたし……」

「何だ？」

「わたし、そういうこと言われたの初めてだから……」

「おいおい、おまえいくつになるんだよ。そんなにモテなかったのか」

露骨にそう言われ、ハナはムカッときた。

「あんたはモテるみたいで、よかったわね」

「そりゃそうさ。ひとりやふたりじゃない」

「知ってるわ」

「何を知っているんだ」

「初めて会ったとき、ホ、ホ、ホテルで、だから、女の人と、ベ、ベ、ベッドで……」

「おい、いまここでその話をしたいと思うのか」

「それで、話って、何」

「もう言っただろ」

「あの……好きになってしまったってこと？」

「だから、アルバイトをしにホワイトガーデンに来るつもりなら、覚悟してから来るんだな」

「行くなってこと？」

「来いって言っているんだ」

「でも、覚悟しろって、何を……」

「すればいいだろ」

「なにを覚悟しなくちゃいけないのよ。わたし……」

そのとき、闇の向こうから「ハナなの」という声が聞こえてきた。植物園から戻ってきたユニだ。ハナはあわてて手を振った。

「お母さん」

こちらをのぞき込みながら、ユニが言った。

「誰なの？」

「ううん、なんでもないの」

ハナはジュンに、すぐ来るから、と言いおいてユニのところに駆けていった。社宅のほうに歩きながら、ユニが訊いた。

「誰なの？」

「うん、リゾートのお客さん」

「リゾートのお客さんがどうしてこんなところまで」

「変よね」

家に入ると、ユニは台所へ向かった。

「夕食、何にしようか。ビビン麺でも作ろうか」

「賛成。あ、ごま油がないいんじゃない。買ってこようか」

「買いおきしておいたのがあるはずよ」

「麺がないいんじゃない」

「日曜日に食べた残りがあるわ」

ジュンのことが気になってしかたがなかったが、それ以上外に出る理由を考えることはできなかった。どうしようにもなくなって、ただ「ちょっと出てくるわね」と言って社宅を飛び出した。

しかしジュンの姿は見えない。もう帰ってしまったのだろうか。

周辺を探し回っていると、闇の中から中年の男があらわれた。その顔を見たハナは目を大きく見開いた。写真で見た、ソ・イナ教授とそっくりなのだ。


街灯の光に浮かび上がった娘の顔を見たイナは、めまいがするほどの衝撃を受けた。

ユニがそこにいたのだ。

三十二年前の姿そのままで。

落ち着きを取り戻したイナはあらためて娘を見た。娘もイナの顔を見て驚いた表情をしている。

しばらくして娘が言った。

「ソ・イナ先生ですか」

イナも娘に訊いた。

「キム・ユニさんの娘さんですか」

娘がうなずく。

「キム・ユニさんに会いに来たのですが」

「あ、はい。ちょっと待っていてくださいね」

娘はそう言うと、くるりと振り返り、坂を駆け上っていった。

すぐに緑のショールで肩を包んだユニが出てきた。

「こんな時間に、どうして……」

ユニの方を見ないようにしながら、イナが言った。

「どうして嘘をついたんだ。いまはひとりだということを、どうしてぼくに言わなかったんだ」

「ごめんなさい」

「再会してから君は、ごめんなさいばかりだな。愛とは、あやまったりしないもの、だからぼくたちふたりの間では、あやまるのはやめにしようと約束したじゃないか。忘れてしまったのか」

「ごめんなさい」

「君を責めようと思っているんじゃないんだ。ぼくが苦しいんだよ。君を見つけ出すことができず、君を守ってやることもできず……。ひとりで苦労してきたんだね。誰かを頼りにすることもできず、ひとりで。これからどうするつもりなんだ。こたえてくれ」

「わたしは何もかも忘れてしまいました。あのころのことを思い出すこともできません。うそをついたのは、忘れたことをすまなく思っていたからです。あなたはすべてを覚えていてくれたのに、わたしは忘れてしまったから。あなたの言うとおり、ひとりで子供を育てるのは大変でした。でも、子供と一緒にいた時間が幸せだったのも事実です。生きるのに忙しく、すべてを忘れてしまったのです。ごめんなさい。わたしはこのままでいたいんです。あなたはわたしにとって、思い出に過ぎないんです。美しい思い出です。それを大切にしたいと思っています。そうさせてください」

それだけ言うと、ユニは頭を下げた。

「失礼します」

去っていくユニを、イナはじっと見つめていた。

ソ・イナに会うためにユニがそそくさと出て行ったあと、ハナはそっと社宅を出てユニのあとをつけた。遠くから、話をするユニとイナの様子をそっとうかがう。

突然誰かがハナの手をつかんだ。ジュンだった。

「何をやっているんだ」

「静かにして！」

ハナはあわててジュンの手を引きながら闇の中に駆けた。

「何をのぞき見していたんだ」

「いいから、こっちへ来て」

どんなに騒いでもユニやイナには聞こえないところまで逃げたハナは、やっと立ち止まった。

「いったい誰なんだ、あれ」

ハナはユニとイナのことを話した。

「お母さんの初恋の人？」

「こんなふうに再会するなんて想像もしていなかったわ。とてもロマンチック！」

ハナはイナの声音をまねた。

「キム・ユニさんに会いに来ましたって言ったとき、声は震えていたし、目には涙を浮かべていたのよ。あ、胸がどきどきする。あの人もお母さんのことを忘れることができなかったのよね」

興奮しているハナをからかうようにジュンが言った。

「それがそんなにうれしいのか」

「うん。お母さんがずっと思い続けていた人だから」

「おれだったら、両親の初恋なんて、いやだね。子供の立場から考えてみろよ。子供は初恋を裏切った存在だろ。それはともかく、おれたちの話をしよう」

「おれたちの話って？」

「返事」

「？」

「おれが話したことに対する返事」

「ホワイトガーデンに行くのかどうかってこと？」

「違う。おれが、好きだって言ったことに対する返事」

そのとき、ずっと向こうを歩いているユニが見えた。ソ・イナと会って、社宅に戻るところらしい。

「その話はあとで」

そう言いおくとハナはユニのほうに駆け出した。

ジュンがハナの手をつかむ。振り返ったハナにジュンが言った。

「いま。いますぐこたえろ」

しばらく言いよどんでから、ハナがこたえた。

「わたし、実際のところ、なんとも思っていないのよ。だって、ずっと会えばけんかだったし……あなたのこと、何も知らないし」

「おれもおまえのことは何も知らない。ま、いいさ。わかったよ。なんとも思っていないんだろ。おれもそうだ。じゃあな」

腹を立てた様子で、ジュンはそのまま行ってしまった。

「なによ。正直に言っただけなのに」

ハナは社宅に戻った。ユニは台所に立っていたが、食事の準備は何もできていなかった。いつもならビビン麺などあっという間にこしらえるのだが、いまはただぼんやりと立っているだけだった。

ハナが声をかけた。

「誰だったの？」

「ただの知り合い」

ひと呼吸おいてから、ハナが言った。

「ソ・イナ教授、写真よりもずっとかっこよかったわ」

ユニが驚いて顔を上げた。

「お母さん、ごめん。わたし前から知っていたの。偶然お母さんの日記帳、読んじゃって。ごめん」

「それはいいわ。おなか空いたでしょ。すぐに作るわ」

「また会う約束をしたの？」

「いいえ。いまはただ、昔の友達というだけなんだから。みんなで会う機会があれば、会うかもしれないけれどね」

「ずっと会いたがっていたじゃない。わたしみたいな鈍感な人間でも、日記帳を見てすぐにわかったんだから。お母さんがずっとあの人を思い続けていたってこと、いまでも思っているということ。本当はね、日本にいるとき、ソ教授が北海道に来るっていうんで、会おうとしたのよ。お母さんに会ってほしい、と言おうと思って。結局そのときは会えなかったけど。わたし、いまからでもお母さんがソ教授とお付き合いすればいいなって思っているのよ。ソ教授もお母さんに会いにわざわざここまで来たんじゃない」

「わたしは昔、あの人のもとを離れたことを、後悔していないわ。いまも、だめなものはだめだと思っているのよ」

そう言いながら、ユニはエプロンを脱いだ。

「ちょっと疲れたわ。食事はあとでにしましょう」

そのままユニは部屋に入ってしまった。

その後ろ姿を見ながら、ハナは大きなため息をついた。


荷物をまとめていると、ユニが顔を出した。

「ハナ、何をしているの？」

「あ、わたしソウルに引っ越しする」

「部屋、見つかったの？　わたしには何も言わなかったじゃない」

「部屋はまだだけど、アルバイトが決まったの。部屋が決まるまで、そこで寝泊まりをすることになっているのよ」

「どんなアルバイト？」

「ガーデナーよ。お母さん、期待して。お母さんにわたしが造った庭を見せてあげるから。それにわたしがいなくなれば、お母さんももう少し自由に考えることができるでしょ」

植物園へ寄って苗や花壇の材料などをホワイトガーデンに運ぶよう手配してから、ソウルに上る。まず大学に行って、ソ・イナ教授の研究室を訪れた。

イナはあたたかくハナを迎えてくれた。ハナはイナに、ユニがずっと初恋の人を思い続けてきたこと、いまも思っていることなどを詳しく伝えた。

ホワイトガーデンへ行くと、玄関のところに植物園のトラックが停まっていた。荷物を降ろしてトラックを送り出すと、カフェからチョ・ス、インソン、チャールズが出てきた。

「こんにちは。今日からここで暮らすことになったチョン・ハナです」

挨拶をしているとソノが出てきた。

「ハナさん、こっち、こっち」

ソノが二階の部屋に案内してくれた。

「わあ、とっても素敵」

部屋の中には机と本棚、ベッドがあり、きれいに整頓されていた。

「仕事で遅くなったときに泊まったりしていた部屋なんだ。シーツは取り替えておいたから」

「本当にわたしが使ってもいいんですか」

「ずっといてくれてもいいよ」

「いいえ、三週間だけお願いします。三週間後には契約した部屋に住めることになっているので」

「荷物をおいたら下に行こう。みんなに紹介するよ」

階下に行き、ソノがあらためて紹介してくれた。

「今日から庭の管理をしてくれるガーデナーのチョン・ハナさんです」

「よろしくお願いします」

次にソノはチョ・スを指差した。

「知っているよね。姓がチョ、名前はス」

「え、名前がチョ・スって言うんですか。助手《チョス》、助手って呼ばれているから、てっきり助手なんだと思っていました」

「室長がああいう性格だから……」

ソノが説明を加えた。

「こいつ三人兄弟なんだけど、名前がそれぞれ火《ファ》、水《ス》、金《クム》なんだ」

「え、そうすると、調和《チョファ》、助手、ちょっと《チョグム》……。でも、チョ・スが一番いいわね」

「ぼくはあまり気に入っていないんだけどね。ところでずっとここに住むの？」

「契約した部屋に入れるようになるまで」

エプロンを着けた男性が言った。初めてここにきたとき説明してくれた人だ。

「またうるさくなりそうだな」

ソノがエプロンを紹介した。

「ぼくの後輩のインソン。カフェの責任者だ」

もうひとりを紹介しようとしたとき、突然その男がスプレーをハナの顔に吹きかけた。

「キャッ」

「おねえさんの顔を見ると我慢ができなくて。花に水をあげるのもいいけれど、自分の顔にも神経を使ってよ」

ソノが紹介する。

「撮影のスタッフのひとりで衣装を担当しているチャールズ」

紹介が終わると、ハナはチョ・スに手伝ってもらって、植物園から運んでもらった苗を植えた。

ひととおり終わったところで、小さな声で尋ねてみた。

「ところで、どこにいるんですか？」

「え？」

「あの、ソ・ジュンさん。今日はスタジオに来ないんですか」

「パリに行ったんです。今日の午後帰ってくる予定です。ぼくに仕事を押し付けてひとりで行っちゃったんですよ」

「何時ごろ帰ってくる予定なんですか」

「さあ……。また室長にいじめられるかと心配なんですね。ところで、室長とはどういう関係なんですか」

どうこたえていいかわからず、ハナは言いよどんだ。

「まあそんなことはないと思うけど、ハナさん、絶対に室長と付き合ったらだめですよ。ハナさん純情そうだから、傷つくに決まっています。室長の女癖の悪さは有名なんですから」

中からソノが出てきた。

「もう働いているの？　契約もしていないのに」

「契約をするんですか」

契約書にサインするため、ソノの診察室に入った。

「アルバイトも決まったし、きれいな部屋も決まったんで、わたしとしては大満足なんですが、本当に庭に手を加えようと思っていたんですか」

「まあ、一種の投資だね。そのつもりはあると思うよ」

「え、どういうことですか」

「ここのオーナーはジュンなんだ。ぼくはただの代理人。知らなかった？」

「え、そんな。そういうことは事前に話してくれなくちゃ……」

「ジュンがオーナーならここに来なかったの？　ジュンとまた何かあったの？　あのときハナさんを説得するといってジュンが出かけたけど、また何かやらかしたんだね」

「来たことは来たんだけど、なんか、変な話をするばかりで……。いえ、変な話ではなく」

「何があったのか、興味津々だな。まあ、ジュンも庭をきれいにするのには賛成するはずだよ。ここはジュンが子供のころ暮らしていたところなんだ。そのときは庭に白い花がいっぱい咲いていたって話だよ。だからホワイトガーデンってわけ。ジュンのお父さんが名前をつけたらしい。うちの両親とジュンの両親は若いころからの親友なんだ。だからぼくもジュンとは幼馴染というわけ」

「そうだったんですね」

契約書にサインをしてから、ハナは二階の部屋に行った。荷物の整理をしなければならないが、あとでゆっくりやることにして、ベッドに飛び込む。

なかなか落ち着いた居心地のよさそうな部屋だ。ところがまわりを見回したハナは奇妙なことに気がついた。入ってきた扉とは別に、もうひとつ扉がある。その扉を開くと、そこもひとつの部屋になっていた。壁に大きな女性のポスターが貼ってある。どこかで見たことのある顔だ、と思ってよく見ると、数日前「オッパ」と言ってジュンに抱きついた女だった。

机の上にきれいにたたんだ布があった。

「ずいぶん変わった色」

手にとって見たハナは、それが男物のボクサーブリーフだと知って、悲鳴をあげた。

「キャッ」

思わずブリーフを投げ捨てる。

「何をやっているんだ」

振り返ると、ブリーフを手にしたジュンが立っているではないか。

「おれの部屋で何をやっているんだ?」

「え、あなたの部屋!」

ジュンのうしろからポスターの女があらわれ、ジュンの腕にからみついた。

「離れたくないわ。オッパと三日三晩、ずっと一緒だったから」

ジュンが怒鳴った。

「おれの部屋から出て行け」

ジュンの部屋から飛び出すと、ハナはソノの診察室に向かった。ジュンもついてくる。

ハナがソノに言った。

「この人が隣に住んでいるんですか」

ほぼ同時に、ジュンがソノに怒鳴りつけた。

「この女を家に入れたのは誰だ」

ソノがのんびりした声で言った。

「あ、ふたり、もう会ったんだ」

ジュンがハナの手をつかんで庭に出た。そのまま庭の小屋の中に入る。ハナがジュンの手を振りほどいた。

「痛いわ。放してよ」

「おい、結局来ることにしたのか。そんなにアルバイトがやりたいのか」

「隣に住んでいるなんて知らなかったのよ。知っていたら来なかったわ」

「なら出て行け」

「どうしてわたしが出て行かなければならないのよ。わたしは仕事をするために来たんだから」

「まったく、神経が鈍いのか、図々しいのか。自分が振った男と一緒に住むって」

「振ったって……、誰が誰を」

「おまえがおれを振ったじゃないか。それとも、振ってから、未練が生じたか」

「わたしのこと、なんとも思っていないんでしょ。まあ、そうでしょうね。自分の部屋に女の子の大きな写真を貼っておいて、どうしてわたしにちょっかいを出すのよ。それでもって勝手に怒り出したり。自分は女の子と三泊の旅行をしてきたくせに」

「なんだ、妬《や》いているのか」

「とんでもない。とにかく、わたしは出て行かないから。もう契約書にサインもしたんだから」

ジュンが懐から財布を取り出した。

「ほう、契約なら解除してやる。いくら補償すれば満足するんだ？」

「ほんとにひどい人ね」

「ひどいのはおまえだ。おい、純真なふり、うぶで何も知らないふりをするなよ。おれ、そういうの大嫌いなんだ。ここにいるつもりなら覚悟をするか、そうでなければいますぐ出て行け」

にらみ合っていると、ソノが入ってきた。

「ジュン、話は終わったか。ハナさん、心配しなくていいよ。ジュンが出て行くから」

「何だと？」

「ハナさんが来たら出て行くって言ったじゃないか。ホテルに泊まるなりするって」

「そんなこと言ったことないね。おれはここを出て行かない。おい、おまえが責任を持ってこの女を追い出せ」

ハナが断固とした調子で言った。

「わたし、出て行かないわよ」

笑いながらソノが言った。

「なら、ふたりでなんとか妥協して、一緒に暮らすんだな」

ミホが顔を出した。

「一緒に住むって、誰と誰が？」

ジュンは「とにかく追い出せ」と言いおいて出て行った。「オッパ」と言いながらミホがそのあとに続く。

ソノがハナに言った。

「ミホはぼくの妹なんだ。気にすることないよ」

「別に気になんかしていないわ」

「それならこれで一件落着。今日はハナさんの歓迎パーティだな」

「え？」

「あまりうれしそうではないね」

「あ、うれしい。大賛成！」

複雑な気持ちだったが、ハナは無理に笑顔をつくって手を叩いた。


一日の仕事を終え、社宅に戻ろうと温室を出ようとしたユニは、カスミソウの花束を持ってじっと立って待っているイナに気づき、足を止めた。

「どうして……？」

イナが近寄ってきた。

「もうぼくは逃げない。あのとき君を失って、ぼくはずっと後悔し続けた。もう君を離しはしない。ぼくのことを忘れてしまったとしてもかまわない。君の分までぼくがすべてを記憶しているから。すぐにぼくを受け入れてくれとは言わない。これからは君の分までぼくが努力する。もう一度、君を愛する機会をくれ。お願いだ」

結局、ユニは返事をすることができなかった。イナは、カスミソウをおいて、帰っていった。

ユニはそのまま社宅にも戻らず、温室の中に座っていた。頭の中にいろいろな思いが交錯し、考えをまとめることができなかった。

携帯が鳴った。イナからのメールだった。

　ぼくは無事到着した。ひとりだからといって、手を抜いたりせず、きちんと食事を取らなければいけないよ。ぜひ君に聞かせたいものがあるので、添付した。聞いて、昔の幸せだったころのことを思い出してくれれば、と思う。

添付の音楽ファイルを開く。

若いチャンモの声が聞こえてきた。

「あー、あー。マイクのテスト中」

今度はドンウクだ。

「ぼくがやるよ。それはぼくの専門じゃないか。あー、あー、マイクのテスト中」

そしてイナ。

「それぐらいでいいよ」

チャンモが口を挟む。

「おい、イナ、おまえ除隊したばっかりだろ。帰ってくるやいなや、おれたちを引っ張り出して、こんな面倒くさいことをさせるとはな。いったいどこの女を口説くつもりなんだ」

笑いながらイナがこたえる。

「ユニさんに送ってあげたいと思って。送ることができれば、ということだけど」

涙があふれてきた。

チャンモの声が聞こえる。

「ユニさん、こいつ、あきれるほど純情なやつでね」

ドンウクが言う。

「チャンモがでしゃばってもしょうがない。ソ・イナ、ユニさんに言いたいことがあるんだろ」

聞きながら、ユニは声をあげて泣いた。

イナが語りかけてくる。

「ユニさん、元気」

またチャンモが口を挟む。

「おい、もうちょっと言いようがあるだろ」

イナの声。

「会いたい。早く帰ってきておくれ……なんか恥ずかしいな」

チャンモとドンウクが口笛を吹いてはやし立てる。

「じゃあ、歌うよ」

ギターがかき鳴らされる。

雨の降る夕方、君の姿を見かけた
ずっと前から、君が好きだった
君は傘を持っていなかった
ぼくは君に言った
ぼくの傘の中にお入りよ、と

サランサランサラン　雨の音
ドキドキドキ　ときめくぼくの胸
傘の音　雨の音　ときめくぼくの胸
愛の雨が降る
ぼくは恋に落ちた

雨の日　ふたりで歩いたね
小さな傘　ぼくの肩はびしょ濡れ
君は恥ずかしそうに言った
もう少しくっついてくださいって

サランサランサラン　雨の音

ドキドキドキ　ときめくぼくの胸
傘の音　雨の音　ときめくぼくの胸
愛の雨が降る
I love rain... I love you...

ホワイトガーデンを出ると、ミホがしつこくねだるので、ジュンはナイト・クラブに行った。しかしどうも気が晴れない。

ウイスキーを舐《な》めながら黙り込んでいると、ダンスフロアでひと汗かいてきたミホがジュンの目の前でコミカルなダンスを見せて、写真を撮ってくれとせがんだ。ジュンは携帯を取り出し、ミホを撮った。

「撮ったの、見せて」

画像を見ながら、ミホはにっこり笑った。

「うわ、かわいく撮れてる。モデルとあたし以外の女を撮ったらだめよ」

「おれにとってはおまえもモデルのひとりにすぎない」

「そんなことないもん。ところで、あの女が、例の女ね。変なクライアントが無理に写真を撮らせようとしたっていう。だからあんなに嫌っているんでしょ」

ジュンは返事をしなかったが、ミホはそれを肯定と受け取った。

「あ、やっぱりそうなのね。オッパはモデルが気に入らなければ絶対に撮らないから。あんなアマチュアを……。オッパ、何を考え込んでいるの。まさかあの高校生みたいな女が気になっているわけじゃないでしょ」

「おい、おれの部屋に貼ってあるおまえの写真、はがしておけよ」

「いやよ」

「じゃあ、おれがはがして捨てるぞ」

「オッパのミューズはあたしなの。生まれたときからずっと。わたしが生まれて初めて会った人は、家族を除けばオッパでしょ？　オッパはあたしの運命の人なのよ」

「おまえはアヒルか」

刷り込みか、と言いたかったのだが、ミホには通じなかった。

「アヒルって何よ」

「まあそんなことはどうでもいいが……。しかし、運命なんてもの、あるわけないだろ。おれのあだ名知っているだろ」

「なに？　人でなし？」

ジュンが首を振る。

「暴君？　悪魔？」

「三秒」

「あ、三秒で口説き落とすってやつね」

「あれが運命だったのかも」

「ね、どういうことよ」

突然ミホが顔を寄せてきた。ジュンの頬にキスをする勢いだったが、ジュンの右手がそれを阻止した。

「惜しい！　キスしてみればわかるかな、と思ったのに。好きなのかどうか。運命なのかどうか」

「おれはそういうことは信じないんだ」

適当なところで店を出て、ミホと別れてから、ジュンはホワイトガーデンに戻った。

中ではハナを中心に、ソノ、チョ・ス、インソン、チャールズが酒盛りをしていた。かなり盛り上がっている。みな相当飲んでいるようだ。ジュンが入ってきても誰も気づかない。

異口同声ゲームがはじまった。ふたりに、ふたつのなかからひとつを同時に選ばせる。それが一致すれば勝ち、一致しなければ負けというきわめて単純でありながら、こういう席でやれば盛り上がること間違いなし、というゲームだ。ハナが問題を出し、チョ・スとチャールズがこたえている。

「いくわよ。革靴とスニーカー。一、二、三！」

チョ・スがスニーカーとこたえ、チャールズが革靴とこたえた。

「じゃあ、次。冷麺とビビン麺。一、二、三！」

またチョ・スたちの負けだ。

「もうあとがないわよ。セクシーと清純。一、二、三！」

またチョ・スたちが負けた。

ソノがグラスにビールを注ぎ、その上に割り箸を渡し、割り箸の上になみなみとウイスキーを注いだワンショットグラスをおく。気合とともに割り箸をはずすと、ワンショットグラスがビールの中に沈み込む。爆弾酒の完成だ。爆弾酒を二杯作り、チョ・スとチャールズに手渡す。チョ・スの方はなんとか爆弾酒を飲み干したが、チャールズの方は飲みすぎたのか、なかなか飲めないでいる。

するとハナがさっと爆弾酒のグラスを奪い取った。

「わたしが助けてあげるわね」

みながオオーと歓声をあげるなか、ハナが爆弾酒を一息に飲み干し、カーッと息を吐いた。

今度はチョ・スが大声をあげた。みなろれつが回っていない。

「じゃあ今度はハナさんとソノ先生。いきますよ。まずは、雪と雨。一、二、三！」

ハナがやると聞いて、ジュンも当ててみた。ジュンとハナが雨、ソノが雪を選ぶ。ハナと一致したので、ジュンはにやりと笑った。

次はバラとカスミソウ。ジュンとハナがカスミソウを選び、ソノはバラだ。二度続けて負けてしまい、テーブルではカスミソウのほうがきれいだとかどうとか言い争いがはじまっていた。

次は写真と絵。やはりジュンとハナが写真を選び、ソノが絵を選んだ。

子供じみたゲームだが、すべてハナと一致したので悪い気はしなかった。

インソンとチャールズが爆弾酒を作りはじめた。

チョ・スが最後の問題を出した。好きと嫌い。ハナもソノも、大声で「好き」とこたえた。

インソンから爆弾酒のグラスをふたつ受け取ったチョ・スが言った。

「このふたり、罰を受けるのがうれしくてたまらない様子なんだよな。だから酒をあげたくないんだが……。どうしようか。もっと濃くしてしまおうか」

言っていることが支離滅裂だが、酔っているので本人も気がついていないらしい。チャールズがウイスキーのビンを持って、濃くしよう、と騒いでいる。

ハナが言った。

「そのままでいいわよ」

ハナとソノがグラスをチンッと鳴らす。ハナが飲もうとした瞬間、ジュンはつかつかと歩いていってそのグラスを奪い取った。

みなが目を丸くしているなか、一息に飲み干し、音を立ててグラスをテーブルにおく。

「飲みすぎだ。いい加減にしろ」

そう言いおくと、ジュンは二階に上がっていった。

ベッドに横になり、本を開く。しかし本の内容はひとつも頭の中に入ってこない。時計を見る。もう十二時を過ぎていた。

「まだ飲んでいるのか、あいつら……」

本棚の隙間から向こうをのぞいてみる。この本棚はこっちの部屋からも向こうの部屋からも本を取り出すことができるようになっている。つまり本がなければ向こう側が丸見えというわけだ。

部屋はまだ散らかったままだった。ハナは戻ってきていない。水でも飲もうと思って外に出たジュンは、ぎくりとして足を止めた。

居間のひとり掛けのソファにハナが寝ていたのだ。

近づいてみる。

ぐっすり寝入っていた。

ジュンは部屋から毛布を持ってきて、ハナにかけてやった。そのまま台所に行こうとして立ち上がった瞬間、ハナがジュンのベルトをつかんだ。恐ろしい力で引っ張り込む。

「うわぁ！」

ソファの上に倒れ込んでしまった。ひとり掛けのソファにふたりで座る格好だ。

ろれつの回らぬ声でハナが言った。

「どこへ行く。話をするために待っていたんだぞ」

「明日にしよう」

「だめ。いま話さなきゃだめなの。わたし、悔しくて死にそうなんだから」

「なにが？」

「本当に腹が立ったんだから」

「だからなにが？」

「純真なふり、うぶで何も知らないふりをするな、って言っただろう」

「それがどうした」

「ふりをしているんじゃないの。本当に何も知らないのよ。男の人と付き合ったこともないし、恋といっても片思いだけ、それに、えへへ、キスをしたこともないんだから。でもおまえは違うじゃないか」

「おまえだと」

「そう、おまえだ。こっちは酔っ払ってんだ。こわいものなしだぞ。おまえは洋服のセンスもいい」

ハナが手を伸ばして、ジュンの鼻や頬をつかんでひねった。

「顔もなかなか。お金もよく稼ぐ。そして性格は最悪。だから信じられないのよ」

「つまり、おれが完璧すぎるから、だめだと言うのか」

「だめ、というんじゃなくて、こわいのよ」

「好きになってしまいそうで」

「そうかも……？　だから二度と、わたしが振ったなんて言うなよ。言ったらぶっ殺す」

ハナは威嚇するように拳を握りしめていたが、そのまま目を閉じた。静かな寝息が聞こえる。

ジュンはさっと首を伸ばすと、ハナの唇におのれの唇を重ねた。ハナがびくりと身を震わせ、目を開いた。しかし瞳の焦点は合っていない。怒った顔をしているが、覚醒しているようには見えない。

ジュンはもう一度キスをしようとして、首を伸ばした。

唇が触れようとした瞬間、ハナの首ががっくりと向こう側に倒れた。

「まったく」

舌打ちしながら、ジュンは立ち上がった。

奇妙な機械音でジュンは目を覚ました。時計を見る。この時間ならまだ誰も来ていないはずだ。

ベランダに出てみると、庭でハナが電気のこぎりを使って作業をしていた。

「おい、朝っぱらから何をやっているんだ」

しかしハナは顔を上げようともしない。

「おい、おれを無視するのか」

ハナは黙々と作業を続けている。

「なんで無視するんだ。恥ずかしいからか」

ハナが作業の手を止めた。

「お、やっぱり恥ずかしいんだな。おれとキスしたことが」

ゴーグルを取って、ハナがこちらをにらみつけた。

「な、な、何を言い出すのよ」

「記憶が飛んでしまったか」

「き、記憶は……」

「しらばくれるつもりか。おれがいやだいやだと言ったのに、おまえのほうからやったんだぞ」

「そんなはずないわ」

「じゃあ覚えているのか」

「そんなはずないんだから」

再びゴーグルを着けると、ハナは作業をはじめた。

ジュンは下におりてコーヒーとトーストを準備し、本を持って庭に出た。ハナが作業しているすぐそばで優雅に朝食をとる。

ハナは直径十センチメートルほどの丸太を長さ十五センチメートルほどの輪切りにし、それを土に埋めて花壇の境界をつくろうとしていた。なかなか骨の折れる作業のようだ。聞こえよがしに、自分ばかりおいしいものを食べて、とか言っているのが聞こえる。

ジュンはにやりと笑うと、ポラロイドカメラを持って、作業しているハナのところへ行った。

「ところでこれ、やらなければならないのか」

「どういうこと？」

「どうしてよ？」

「正直言って、おまえにおれの庭、触ってほしくないんだ」

「おまえのスタイルとおれのスタイル、かなりかけ離れているように思えてね」

「あなたに合わせるわ。わたしの勝手にはやらないから。それならいいでしょ」

その瞬間を見はからってシャッターを切る。

「怒った表情」

「勝手に写真を撮らないでよ」

「写真を撮ってやる男もおれが最初じゃないか。告白したのもおれが最初、キスした男もおれが最初、何から何までおれが最初だな」

「覚えていないんだから」

「しかしおれが最初だと、おまえとしては困るんじゃないか。目が肥えてしまって、他の男と付き合うことができなくなるぞ」

ハナは耳をふさいで、もう何も聞かない、というしぐさをした。ジュンはポラロイドの写真をひらひらさせた。

「きれいだよ」

「え？」

「おれは忘れもしないし、後悔もしない。夕飯でも一緒に食べよう」

「あ、今日はちょっと……」

ソノが入ってきた。

「ホワイトガーデンの第一夜はどうだった？」

ハナの方を見ながら、ジュンがこたえた。

「ブラック・アウトだそうだ」

恥ずかしそうに、ハナが言った。

「ちょっと飲みすぎちゃって……。あ、頭が痛い！」


（下巻に続く）

原作者紹介

オ・スヨン

脚本家。一九六八年、ソウル生まれ。梨花女子大学校哲学科卒業。一九九三年、KBSの脚本公募に入選し、『詩人のために』でデビュー。その後、『クァンキ』『イヴのすべて』などの大ヒット作品の脚本を共同執筆。二〇〇〇年、ユン・ソクホ監督と初めて製作した『秋の童話』は韓国で最高視聴率42%を超える人気となり、中国や日本などアジア中で放映された。二〇〇二年、『冬のソナタ』(共同執筆)が日本ほか各国で韓国ドラマブームを巻き起こす。以降、神と人間への愛の葛藤を描いた『ラブレター』や、ラブロマンス『ウェディング』『スターの恋人』など、その美しいセリフの数々は世界中のファンを魅了している。

著者紹介

金 重明(キム・チュンミョン)

小説家、翻訳家。一九五六年、東京都生まれ。一九九七年、『算学武芸帳』(朝日新聞社)で朝日新人文学賞を受賞し、二〇〇五年、『抗蒙の丘―三別抄耽羅戦記』(新人物往来社)で第30回歴史文学賞を受賞。主な小説作品に『皐の民』(講談社)、『戊辰算学戦記』(朝日新聞社)、『叛と義と』(新人物往来社)、『悪党の戦』『北天の巨星』(以上、講談社)など。ユン・ソクホ監督作品の小説化は『夏の香り』(竹書房)に続いて本作が二作目となる。訳著に『宮廷女官チャングム』(PHP研究所)、『トンイ』『王女の男』(小社)など多数。二〇一二年、『13歳の娘に語るガロアの数学』(岩波書店)が好評を博し、今秋、『13歳の娘に語るガウスの黄金定理』(岩波書店)を発行予定。

ラブレイン 上

二〇一二年十月十三日　初版発行

原　作　オ・スヨン
著　者　金 重明
発行人　清水勝之
編　集　松本志代里
編集協力　水科哲哉(INFINI JAPAN PROJECT LTD.)
　呉美智
本文DTP　株式会社RUHIA
発　行　株式会社キネマ旬報社
〒一〇七-八五六三　東京都港区赤坂四-九-十七　赤坂第一ビル
TEL　03-6439-6487(出版編集部)
TEL　03-6439-6462(マーケティング部)
FAX　03-6439-6489
URL　http://www.kinejun.com
印刷・製本　大日本印刷株式会社

ISBN　978-4-87376-405-4

人気時代劇ドラマ『トンイ』の原作小説

トンイ　上・下

キム・イヨン　チョン・ジェイン　著
金重明　訳
四六判／定価　各一六八〇円（税込）

最下層の身分に生まれながらも、強くまっすぐな心で運命を切り拓き、名君と誉れ高い第二十一代王、英祖を生み育てた実在の女性の物語。

朝鮮王朝版「ロミオとジュリエット」

王女の男　上・下

キム・ジョンミン　チョ・ジョンジュ　キム・ウク　イ・ヨンヨン　著
金重明　訳
四六判／定価　各一七八五円（税込）

韓国と日本で大ヒットを記録している時代劇『王女の男』の小説版。十五世紀半ばの朝鮮王朝王位奪取事件をモチーフとした悲劇のラブロマンス。